我的第一本
韓語會話

| 全新・各種情境對話 |

全MP3一次下載

http://booknews.com.tw/mp3/9789864543076.htm

iOS系統請升級至 iOS13後再行下載，下載前請先安裝ZIP解壓縮程式或APP，
此為大型檔案，建議使用 Wifi 連線下載，以免占用流量，並確認連線狀況，以利下載順暢。

前言

　　<Korean Made Easy> 시리즈는 제2언어 혹은 외국어로서 한국어를 공부하는 학습자를 위해 집필되었다. 특히 이 책은 시간적•공간적 제약으로 인해 정규 한국어 교육을 받을 수 없었던 학습자를 위해 혼자서도 한국어를 공부할 수 있도록 기획되었다. <Korean Made Easy> 시리즈는 초판 발행 이후 오랜 시간 독자의 사랑과 지지를 받으며 전 세계 다양한 언어로 번역되어 한국어 학습에 길잡이 역할을 했다고 생각한다. 이번에 최신 문화를 반영하여 예문을 깁고 연습문제를 보완하여 개정판을 출판하게 되어 저자로서 크나큰 보람을 느낀다. 한국어를 공부하려는 모든 학습자가 <Korean Made Easy>를 통해 효과적으로 한국어를 공부하면서 즐길 수 있기를 바란다.

　　시리즈 중 <Korean Made Easy for Everyday Life>는 한글을 익히고 시제와 같은 기본적인 학습을 마친 학습자(학습 시간 150~400시간)를 대상으로, 한국에서 살면서 겪을 수 있는 다양한 상황을 중심으로 자연스럽게 한국어를 사용할 수 있도록 고안되었다. 따라서 이 책에서는 학습자가 일상생활에서 자주 접하는 대화를 먼저 제시하고, 그 대화 맥락에서 공부할 수 있는 어휘나 문법과 같은 언어적 요소를 익혀, 궁극적으로는 문법과 대화를 확장하면서 의사소통을 향상시키는 데 초점을 두었다. 한국 생활이나 한국 문화에 대한 설명도 학습자가 한국에서 생활하면서 한국 사회 문화를 더 잘 이해할 수 있도록 고려하였다.

　　<Korean Made Easy for Everyday Life>는 크게 Part 1과 Part 2로 구성되어 있다. Part 1은 실생활에서 자주 사용되는 50개 표현을 10개 과로 제시하였다. 각 상황별로 다섯 가지 유용한 표현을 선정하여 제시하는데, 한국인이 어떤 맥락에서 이런 표현들을 사용하는지 자세한 설명을 덧붙여 학습자의 이해를 돕고 대화 연습을 통해 실제 생활에서 바로 적용할 수 있도록 하였다. Part 2는 여행, 일, 공부 등으로 한국에서 생활하는 6명의 외국인을 설정하여 한국에서 직접 겪을 만한 대화 상황을 24개의 장면으로 구성하였다. 각 장면에서 제시된 대화의 어휘와 발음, 문법, 문화적 정보는 학습자가 한국인과 의사소통하는 데 적극적으로 사용할 수 있도록 하였다.

　　이 책은 많은 분의 관심과 도움으로 출간하게 되었다. 먼저, 초판에서 필자의 의도가 이 책에 충실히 반영될 수 있도록 명확한 번역과 교정을 해 주신 번역가 Michael Park 씨께 감사 드린다. 자신의 가르친 경험을 토대로 조언을 해 준 동료 교사 오승민 선생님과 자신의 한국어 학습 경험으로 조언하고 초판 교정을 꼼꼼하게 봐 주신 Tauri Gregory 씨, Brian Yang 씨께도 깊은 감사를 드린다. 이 책의 개정판에서 번역과 교정을 훌륭하게 해 주신 Isabel Kim Dzitac 씨께도 진심으로 감사드리고 싶다. 또한 한국어 교육에 많은 애정과 관심을 보여 주시는 ㈜다락원의 정규도 사장님과 좋은 책을 만들고자 여러모로 애써 주신 한국어출판부의 편집진들께도 진심으로 감사의 말씀을 전한다. 마지막으로, 언제나 곁에서 저를 격려해 주시는 어머니께, 그리고 하늘에서 큰딸을 응원해 주시는 아버지께 이 책을 바치고 싶다.

오승은

《我的第一本韓語》系列是專為第二語言或以外語學習韓語的學習者編寫的教材。尤其本書是為了讓時間、空間上受到限制而無法接受正規韓語教育的學習者們可以自學所企劃的。《我的第一本韓語》系列初版發行後，長期以來受到讀者的喜愛與支持，在全球翻譯成各種語言，擔任韓語學習教材領頭羊的角色。這次體現最新文化、修訂例句並完善練習題的修訂版得以出版，身為作者的我感到非常有意義。期許每位想學韓語的學習者，透過《我的第一本韓語》系列可以在有效學習韓語的同時享受學習過程。

　　系列中《全新！我的第一本韓語會話【QR碼行動學習版】》是以熟悉韓文字母並已學完時制等基礎課程的學習者（學習時數介於150～400小時）為對象，並以韓國本地生活可能會經歷的各種情境為中心，讓學習者可以自然使用韓語為目的所企劃的。因此在本教材中，學習者們首先會學到日常生活經常接觸的對話，熟悉對話內容中可以學到的單字或文法等語言要素，最終將學習焦點放在一邊擴充文法與對話的能力，一邊提升口說能力。考慮到讓學習者在韓國生活的同時能更加理解韓國社會文化，書中也寫到有關韓國生活或韓國文化的介紹。

　　《全新！我的第一本韓語會話【QR碼行動學習版】》大致分為Part 1和Part 2。Part 1分為10課講解日常生活中經常使用的50個表現。每個情境挑選5個實用表現，仔細解說韓國人會在什麼樣的情境脈絡下使用這些短句，透過幫助學習者理解並練習會話口說，讓大家在現實生活裡馬上就能活用。Part 2設定了六位因旅行、工作、念書等在韓國生活的外國人，用24個情境編寫出他們可能在韓國親身經歷的對話狀況。各情境收錄的對話單字、發音、文法、文化資訊，讓學習者可主動活用於與韓國人的溝通交流上。

　　編寫這本書的過程中受到許多人的關愛與協助。首先，我想謝謝從初版開始就為了將作者意圖完整呈現，協助明確翻譯與校正的翻譯員Michael Park。也想對憑著自身教學經驗給予建議的同事Seungmin Oh老師，還有以自身韓語學習經驗為基礎提出建議並仔細校對初版文稿的Tauri Gregory、Brian Yang致上深深的感謝。我也真心感謝協助本書修訂版翻譯與校對的Isabel Kim Dzitac。此外，我還要向對韓語教育展現極大熱忱與關注的多樂園出版社鄭圭道社長，以及希望將本書做成一本優良書籍而費力勞心的編輯部與設計師致上謝意。最後，我想將這本書獻給一直守護我身旁鼓勵我的母親，還有在天上為大女兒加油的父親。

吳承恩

本書使用說明

Part I Part I以10個不同的生活場景介紹了日常生活中最常用的50種表現，並將每一種表達方式分別放到三個不同的對話情境中加以練習。

50個常用表現

每單元介紹5句最基本的日常表現，總共10個單元，50句常用表達。所有音檔都由專業男女配音員精心錄製，以便學習者學習正確發音和自然語調。你可以掃描書名頁的QR碼下載全書音檔，也可以隨著學習進度掃描內頁QR碼直接聆聽該單元音檔。

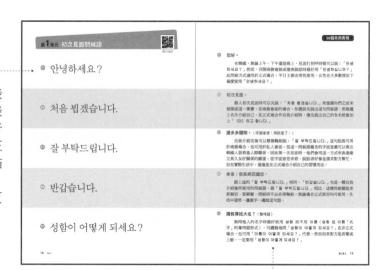

實用表現的實際含義和用法

詳細解釋實用表現的實際含義和用法。說明在哪些語境中可以使用該表現，以及如何根據使用語境和與對話參與者的關係而有不同用法。

對話

介紹5個表現該如何在運用在日常的對話中，每個對話在音檔中唸一遍。

試試看

透過角色扮演的方式練習每一種表現，學習者可以扮演某一特定場景中的角色，並透過音檔確認自己的答案。

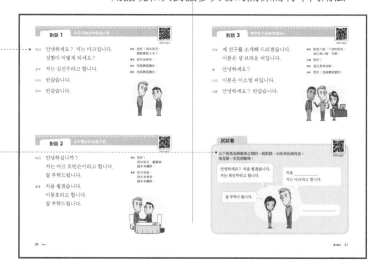

Part II

共包含24個場景，透過六名外國人在六種不同情況下的故事。每名外國人都在韓國經歷了四個生活小故事，每個場景裡都會使用到基礎文法和實用的字彙，便於讀者學習如何與韓國人交流。

場景

介紹對話發生的地點和情況，解釋每個場景的背景。

行為動機

表示對話中的主要動作，解釋主要目標。另外，還可以幫助學習者知道在什麼地方、什麼時候積極參與實際對話。

標題

介紹該場景的主題，解釋文法和實際應用。

人物

介紹這個場景中涉及的人物，讓讀者容易理解對話發生的背景。

對話音檔

全書音檔皆提供正常速度音檔，唯PART II場景1～24對話音檔有兩個版本。一個是便於學習者理解的慢速版本，另一個是現實生活中可以聽到的正常速度版本。教材中僅隨頁附上正常速度版本，若想聽慢速版本，請從書名頁下載全書音檔。正常速度的音檔檔名是「音軌編號_N」；慢速版本的音檔檔名是「音軌編號_S」。

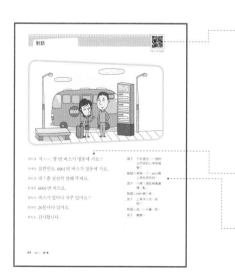

對話

模擬現實生活中可能遇到的對話情境。

翻譯

是每則對話的中文翻譯，譯文重在自然呈現對話意思而非局限於逐字逐句直譯，但字面上的意思會在括號內附註。

新單字

介紹新字彙及其中文翻譯。

新表現

介紹新表現及其中文翻譯。

重點解析

解釋對話中需要進一步說明的文法重點。

小叮嚀

回顧本套叢書第一冊《全新！我的第一本韓語課本》〔初級篇〕〔QR碼行動學習版〕中學過的基礎重點，但不會在本書中詳述。

文法焦點

詳細解釋主要文法重點的意思、句型和用法，多樣化的範例有助於學習者理解文法。

文法表

表示該句型在附錄文法表中的頁碼位置。

注意

解釋較難的文法，並提醒讀者一些容易犯下的錯誤。

練習題

包含各式各樣的文法練習，問題設計由簡單到略難。
*參考答案詳見附錄。

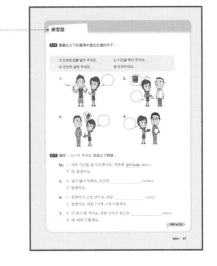

文法練習

這個部分的學習目標是讓學習者練習、擴展自己學到的文法。透過文法演練，可以練習日常會話中怎麼使用該文法，以及非對話的情形下如何活用。

補充字彙

介紹為每個場景選擇的補充字彙。

會話練習

這個部分是以前面介紹過的會話為基礎，延伸學習相似的會話短句。

發音小訣竅

介紹對話中出現過發音較難的單字之發音規則，每個單字會在音檔中唸兩遍，請讀者仔細模仿。

Coffee Break

這個部分介紹一些可以用在特定對話情境中的實用資訊。

韓國生活大小事

介紹韓國日常生活的實用資訊，幫助讀者瞭解韓國人獨特的文化視角。

目錄

前言 02

本書使用說明 04

目錄 08

課程架構 10

主要人物介紹 15

Part I | 50 個常用表現

第1單元　初次見面問候語 18

第2單元　感謝與致歉 22

第3單元　表達個人想法 26

第4單元　回應他人 30

第5單元　日常生活問候語 34

第6單元　餐桌用語 38

第7單元　祝賀、安慰與鼓勵 42

第8單元　電話用語 46

第9單元　聽不清楚時的表達 50

第10單元　道別 54

Part II | 日常生活中的24個場景

第1章　開啟韓國之旅

場景01　좀 천천히 말해 주세요. 請您說得慢一點。 63

場景02　반대쪽에서 타세요. 請在對面搭車。 71

場景03　외국인이세요? 您是外國人嗎？ 79

場景04　이쪽으로 쭉 가면 오른쪽에 편의점이 있어요.
朝這個方向一直走，右邊會有便利商店。 87

第2章　為在韓國生活做準備

場景05　외국인 등록증을 신청하고 싶어요. 我想申請外國人登錄證 97

場景06 지금 이 집을 볼 수 있어요? 現在可以看這間房子嗎? ⋯⋯⋯⋯⋯ 105

場景07 얼마 동안 돈을 내야 돼요? 我得付多久的錢? ⋯⋯⋯⋯⋯⋯⋯⋯ 113

場景08 제가 매운 음식을 못 먹어요. 我無法吃辣。 ⋯⋯⋯⋯⋯⋯⋯⋯⋯ 121

第3章 與朋友共度在韓國的生活

場景09 우리 같이 영화 볼까요? 要不要一起看電影? ⋯⋯⋯⋯⋯⋯⋯ 131

場景10 내일 친구들하고 영화를 보려고 해요. 我明天要跟朋友們看電影。 139

場景11 사람이 많아서 유진 씨가 안 보여요. 人太多了,我看不到你。 145

場景12 죄송합니다. 지금 빵이 없습니다. 對不起,現在沒有麵包。 ⋯⋯ 155

第4章 適應韓國生活

場景13 더 싼 거 있어요? 沒有更便宜的嗎? ⋯⋯⋯⋯⋯⋯⋯⋯⋯ 165

場景14 너무 짧지 않게 잘라 주세요. 請不要剪得太短。 ⋯⋯⋯⋯⋯⋯ 173

場景15 토요일에 하지만 일요일에 쉽니다. 週六有營業,但週日休館。 ⋯ 181

場景16 비행기로 보내시겠어요? 要寄空運嗎? ⋯⋯⋯⋯⋯⋯⋯⋯⋯ 189

第5章 解決生活中的問題

場景17 열도 있고 콧물도 나요. 發燒而且流鼻涕。 ⋯⋯⋯⋯⋯⋯⋯ 199

場景18 옷이 조금 크니까 한 치수 작은 사이즈로 주세요. 衣服有點大,請給我小一號的。 207

場景19 이따가 출발할 때 연락해 주세요. 待會出發時請聯繫我。 ⋯⋯ 215

場景20 가방을 잃어버렸는데 어떻게 해야 돼요? 包包掉了,我該怎麼辦? 223

第6章 在韓國旅遊

場景21 방을 예약했는데 확인해 주시겠어요? 我訂了房間,可以幫我確認一下嗎? ⋯⋯⋯ 233

場景22 돌아오는 배가 몇 시에 있어요? 幾點有回來的船? ⋯⋯⋯⋯ 241

場景23 '바다' 식당에 가 보세요. 請去「大海」餐廳。 ⋯⋯⋯⋯⋯⋯ 249

場景24 한국에서 여행해 봤어요? 你在韓國旅遊過嗎? ⋯⋯⋯⋯⋯⋯ 257

附錄

文法表　266

參考答案　273

索引　276

單元	主題	表達方式	對話
01	初次見面問候語	• 안녕하세요? 您好。 • 처음 뵙겠습니다. 初次見面。 • 잘 부탁드립니다. 請多多關照。 • 반갑습니다. 幸會。/ 很高興認識您。 • 성함이 어떻게 되세요? 請教尊姓大名？（敬語）	• 非正式場合下的自我介紹 • 正式場合下的自我介紹 • 將朋友介紹給身邊的人
02	感謝與致歉	• 감사합니다. 謝謝。 • 별말씀을요. 不客氣。 • 죄송합니다. 對不起。 • 괜찮아요. 沒關係。 • 실례합니다. 打擾一下。	• 感謝 • 致歉 • 與陌生人對話
03	表達個人想法	• 알겠습니다. 我明白了。/ 我知道了。 • 잘 모르겠는데요. 我不太明白 / 不太清楚 / 不確定。 • 아니요, 잘 못해요. 哪裡，我還做得不好。 • 저도 그렇게 생각해요. 我也那麼認為。 • 그럽시다. 就那麼做吧！	• 表達明白對方的請求 • 表達不知道某個資訊 • 謙虛回應別人的讚美
04	回應他人	• 좋아요. 好的 / 太好了。 • 맞아요. 對 / 就是這樣。 • 그럼요. 當然。 • 아, 그래요? 啊，是嗎？ • 정말이에요? 真的嗎？	• 接受他人的建議 • 確認資訊 • 回應他人
05	日常生活問候語	• 잘 지내셨어요? 您過得好嗎？ • 오랜만이에요. 好久不見。 • 요즘 어떻게 지내세요? 最近過得怎麼樣？ • 덕분에 잘 지내요. 托您的福，過得很好。 • 수고하셨습니다. 您辛苦了。	• 跟熟人打招呼 • 跟好久不見的朋友打招呼 • 感謝他人的服務

單元	主題	表達方式	對話
06	餐桌用語	• 맛있게 드세요. 祝您用餐愉快。 • 잘 먹겠습니다. （用餐前）我要開動了。 • 잘 먹었습니다. （用餐後）感謝您的款待。 • 아니요, 괜찮아요. 不，夠了。 • 초대해 주셔서 감사합니다. 感謝您的邀請。	• 用餐之前 • 用餐之後 • 派對結束離開時
07	祝賀、安慰與鼓勵	• 축하합니다. 恭喜／祝賀您。 • 제가 한턱낼게요. 我請客／我買單。 • 힘드시겠어요. 您應該很不好受。 • 걱정하지 마세요. 請不要擔心。 • 힘내세요. 加油。	• 祝賀他人 • 安慰處於麻煩之中的人 • 鼓勵感到煩惱的人
08	電話用語	• 여보세요. 喂？ • 지금 통화 괜찮으세요? 您現在方便講電話嗎？ • 실례지만, 누구세요? 對不起，請問您是哪一位？ • 잠깐만요. 請稍等／請等一下。 • 전화 잘못 거셨어요. 您打錯電話了。	• 接電話 • 打電話找人 • 打錯電話
09	聽不清楚時的表達	• 네? 什麼？ • 뭐라고 하셨어요? 您說什麼？ • 못 들었어요. 我沒聽到。 • 다시 한번 말해 주세요. 請您再說一遍。 • 잘 안 들려요. 我聽不清楚。	• 聽不清楚 • 請求對方重複剛才所說的話 • 電話裡聽不清楚
10	道別	• 주말 잘 보내세요. 週末愉快。 • 안녕히 가세요. 再見。 • 내일 봐요. 明天見。 • 몸조리 잘하세요. 請好好調養身體。 • 연락할게요. 我再跟你聯絡。	• 週末前的道別 • 早退的道別 • 跟病人道別

課程架構 Part II

	場景	行為描述	標題	文法焦點	小叮嚀	補充單字	Coffee Break	韓國生活大小事
第1章		開啟韓國之旅：山田雪子						
01	在機場巴士總站	諮詢巴士資訊	좀 천천히 말해 주세요. 請您說得慢一點。	• –아/어 주세요	讀漢字數字	與公車／巴士相關的單字	如何讀公車號碼	從機場到你的目的地
02	在地鐵站	詢問地鐵目的地	반대쪽에서 타세요. 請在對面搭車。	• –(으)세요 • –지 마세요	表達方向	地鐵相關單字	地鐵線的方向	首爾交通卡
03	在地鐵車廂內	與初次見面的人打招呼	외국인이세요? 您是外國人嗎？	• –(으)세요	國家與語言	與個人資料相關的單字	與年紀相關的各種問題	韓語名字
04	在街上	詢問方向以到達目的地	이쪽으로 쭉 가면 오른쪽에 편의점이 있어요. 朝這個方向一直走，右邊會有便利商店。	• –(으)면	表示相對位置的字彙	街道上的事物	詢問方向	韓國人如何展現禮節與親近的表現
第2章		為在韓國生活做準備：馬克・羅賓森						
05	在出入境管理局辦公室	申請外國人登錄證	외국인 등록증을 신청하고 싶어요. 我想申請外國人登錄證。	• –고 싶어요	根據現況表達時間	文件相關詞彙	拜訪出入境管理局前要知道的實用單字	韓國民俗禁忌
06	在房地產公司	找房子	지금 이 집을 볼 수 있어요? 現在可以看這間房子嗎？	• –(으)ㄹ 수 있다	房屋平面設計圖	房屋相關字彙	在韓國付房租：월세、전세、연세	韓國的公寓特色
07	在手機店	申請手機號碼	얼마 동안 돈을 내야 돼요? 我得付多久的錢？	• –아/어야 되다	表達價格	手機相關字彙	另一種說電話號碼的方法	韓國貨幣上的圖像
08	在餐廳	在餐廳點餐	제가 매운 음식을 못 먹어요. 我無法吃辣。	• –(으)ㄴ	描述味道的形容詞	餐點相關字彙	計算食物數量	韓國飲食文化：獨食、共食

	場景	行為描述	標題	文法焦點	小叮嚀	補充單字	Coffee Break	韓國生活大小事
第3章		**與朋友共度在韓國的生活：山姆・布朗**						
09	打電話	用電話預約	우리 같이 영화 볼까요? 要不要一起看電影？	・–(으)ㄹ까요？	時間的讀法	預約相關字彙	確認預約	韓國流行文化
10	改變約會地點	邀請一位朋友	내일 친구들하고 영화를 보려고 해요. 我明天要跟朋友們看電影。	・–(으)려고 하다	地點相關字彙	打電話相關字彙	如何表達電話結語	特殊節日的節日美食
11	購買電影票	更改見面地點	사람이 많아서 유진 씨가 안 보여요. 人太多了，我看不到妳。	・–아/어서	常用連接詞	・用工作當作藉口 ・用健康當作藉口 ・用交通狀況當作藉口	通話時，聽不清楚對方說話的表現用法	韓國街頭食物
12	在咖啡廳	點咖啡	죄송합니다. 지금 빵이 없습니다. 對不起，現在沒有麵包。	・–(스)ㅂ니다	量詞	店家相關字彙	向店員詢問時的表現用法	韓國咖啡廳內的場景
第4章		**適應韓國生活：蘇珊・皮特斯**						
13	在家電行	比較電子產品	더 싼 거 있어요? 有更便宜的嗎？	・보다 더 ・제일, 가장	意思相反的形容詞	與產品相關的單字	購物時的實用單字	英語單字的韓語發音
14	理髮	剪頭髮	너무 짧지 않게 잘라 주세요. 請不要剪得太短。	・–게	不規則動詞 1：으和ㄹ	髮廊相關字彙	去美容院時的常用表現	韓式美妝
15	在健身房	詢問相關資訊	토요일에 하지만 일요일에 쉽니다. 週六有營業，但週日休館。	・–지만	星期	運動相關字彙	時間的常用表現	韓國節日
16	在郵局	寄包裹	비행기로 보내시겠어요? 要寄空運嗎？	・–(으)ㄹ게요	表達日期	郵局相關字彙	掛號信：등기	韓國配送文化

	場景	行為描述	標題	文法焦點	小叮嚀	補充單字	Coffee Break	韓國生活大小事
第5章		解決生活中的問題：蔣梅						
17	在醫院	說明症狀	열도 있고 콧물도 나요. 發燒而且流鼻涕。	–고 而且	表示身體部位	症狀相關字彙	醫生與護理師的稱呼	韓國檢疫：韓國的醫療服務與健保制度
18	在服飾店	要求換其他衣服	옷이 조금 크니까 한 치수 작은 사이즈로 주세요. 衣服有點大，請給我小一號。	–(으)니까 因為…所以…	表示顏色的字彙	衣服相關字彙	服務相關問題	韓國人的群體文化
19	在家裡	描述問題	이따가 출발할 때 연락해 주세요. 待會出發時請聯繫我。	–아/어도 即使…也，還是…	意義相反的副詞	維修相關字彙	簡單問題的描述	強調尊卑的韓國階級文化
20	在失物招領中心	描述丟失的東西	가방을 잃어버렸는데 어떻게 해야 돼요? 包包掉了，我該怎麼辦？	解釋事件發生的背景 –는데	常用疑問詞	個人物品相關字彙	遇到緊急情況時的常用表現	能提供幫助的部門機關
第6章		在韓國旅遊：保羅·史密斯						
21	在酒店	入住酒店	방을 예약했는데 확인해 주시겠어요? 我訂了房間，可以幫我確認一下嗎？	–는 …的	表達一整天的時間	住宿相關字彙	表達旅行天數：0天0夜	寺廟住宿：在韓國寺院享受冥想
22	在售票處	買票	돌아오는 배가 몇 시에 있어요? 幾點有回來的船？	–아/어 주시겠어요? 能請您（做）…嗎？	不規則動詞2：ㄹ脫落	與金錢相關的字彙	詢問首班車與末班車	韓國地形
23	在旅遊景點	必吃美食餐廳推薦	'바다' 식당에 가 보세요. 請去「大海」餐廳。	–(으)ㄹ 때 …的時候	不規則動詞3：省略ㄷ與ㅂ	旅行相關字彙	與韓國人照相	國內旅遊的交通工具
24	跟朋友聊天	討論旅遊經驗	한국에서 여행해 봤어요? 你在韓國旅遊過嗎？	曾做（過）… –아/어 봤어요?	表達情緒的字彙	頻率相關字彙	提問與回答都用相同的句子	韓國有名的慶典

主要人物介紹

야마다 유키코 (일본)
山田雪子（日本人）

對韓式料理有著濃厚的興趣而開始學習韓語。來韓國觀光，停留四天三夜。

마크 로빈슨 (미국)
馬克・羅賓森（美國人）

在韓國一家公司工作。到韓國已經有六個月了。

샘 브라운 (영국)
山姆・布朗（英國人）

因為對韓國電影非常感興趣而開始學習韓語。是韓國一所大學的交換學生。

수잔 피터스 (호주)
蘇珊・皮特斯（澳洲人）

在韓國教英文。住在韓國已經有兩年多了。

장 메이 (중국)
蔣梅（中國人）

為了考上韓國的大學而開始學習韓語。正在為考上韓國的大學努力念書。

폴 스미스 (캐나다)
保羅・史密斯（加拿大人）

作為興趣愛好開始學韓語。喜歡旅行，每個週末都會去旅行。

김진수 (한국)
金晉洙（韓國人）

和外國朋友相處融洽的大學生。

이유진 (한국)
李幼珍（韓國人）

透過跟外國朋友語言交換來學習英語的大學生。正在準備留學。

Part I

50 個常用表現

第1單元　初次見面問候語

第2單元　感謝與致歉

第3單元　表達個人想法

第4單元　回應他人

第5單元　日常生活問候語

第6單元　餐桌用語

第7單元　祝賀、安慰與鼓勵

第8單元　電話用語

第9單元　聽不清楚時的表達

第10單元　道別

001.mp3

01 안녕하세요?

02 처음 뵙겠습니다.

03 잘 부탁드립니다.

04 반갑습니다.

05 성함이 어떻게 되세요?

01 您好。

在韓國，無論上午、下午還是晚上，見面打招呼時都可以說：「안녕하세요？」然而，召開商務會談或發表談話時最好用「안녕하십니까？」此問候方式適用於正式場合。平日主要由男性使用，女性在大多數情況下偏愛使用「안녕하세요？」

02 初次見面。

跟人初次見面時可以先說：「처음 뵙겠습니다.」來強調你們之前未曾謀面這一事實。在商務會面的場合，你應該先說出這句問候語，然後遞上名片介紹自己。在正式場合作自我介紹時，應先說出自己的全名然後加上「（이）라고 합니다.」

03 請多多關照。（字面意思：拜託您了。）

自我介紹完後可以微微鞠躬說：「잘 부탁드립니다.」這句話既可用於商務場合，也可用於私人會面。從這一問候語蘊含的字面意義可以看出韓國人很看重人際關係，因此第一次見面時，他們會用這一方式來表達建立長久友好關係的願望。從字面意思來看，說話者好像是請求對方幫忙，但在實際生活中，僅僅是在正式場合介紹自己的習慣用法。

04 幸會／很高興認識您。

跟上述的「잘 부탁드립니다.」相同，「반갑습니다.」也是一種自我介紹後所使用的問候語。跟「잘 부탁드립니다.」相比，這種問候聽起來更親切、更輕鬆，問候時不必非得鞠躬。無論場合正式與否均可使用，生活中通常一邊握手一邊說這句話。

05 請教尊姓大名？（尊待語）

詢問他人的名字時最好使用 성함 而不用 이름（성함 是 이름「名字」的尊待語形式），可禮貌地問「성함이 어떻게 되세요？」在非正式場合，也可用「이름이 어떻게 되세요？」代替，然而如果對方是長輩或上級，一定要用「성함이 어떻게 되세요？」

002.mp3

마크　안녕하세요? 저는 마크입니다.
　　　성함이 어떻게 되세요?

진수　저는 김진수라고 합니다.

마크　반갑습니다.

진수　반갑습니다.

馬克　您好！我叫馬克。
　　　請教尊姓大名？

晉洙　我叫金晉洙。

馬克　很高興認識你。

晉洙　很高興認識你。

003.mp3

마크　안녕하십니까?
　　　저는 마크 로빈슨이라고 합니다.
　　　잘 부탁드립니다.

동호　처음 뵙겠습니다.
　　　이동호라고 합니다.
　　　잘 부탁드립니다.

馬克　您好！
　　　我叫馬克・羅賓森。
　　　請多多關照。

東昊　初次見面。
　　　我叫李東昊。
　　　請多多關照。

004.mp3

마크	제 친구를 소개해 드리겠습니다. 이분은 샘 브라운 씨입니다.
샘	안녕하세요?
마크	이분은 이유진 씨입니다.
유진	안녕하세요? 반갑습니다.

馬克　給您介紹一下我的朋友。
　　　這位是山姆‧布朗。

山姆　您好！

馬克　這位是李幼珍。

幼珍　您好！很高興認識您。

試試看

005.mp3

以下是馬克與敏珠之間的一段對話，由你來扮演馬克。
馬克第一次見到敏珠。

안녕하세요? 처음 뵙겠습니다.
저는 최민주라고 합니다.

처음 _____.
저는 마크라고 합니다.

잘 부탁드립니다.

_____.

解答 p.276

006.mp3

01 감사합니다.

02 별말씀을요.

03 죄송합니다.

04 괜찮아요.

05 실례합니다.

01 **謝謝。**

　　表達感激之情時，應該說「감사합니다.」若加上微微的鞠躬會更加有禮。但如果對親近的人如朋友或家人，這種表達就過於正式了，此時最好使用更親切、沒有距離感的「고마워요.」

02 **不必客氣。**

　　回應「감사합니다.」可以說：「별말씀을요.」它的字面意思是「沒有必要特意提一下」，用作「謝謝」的禮貌答句。這種表達聽起來非常謙遜，但若覺得發音太難，可以簡單說「아니에요.」

03 **對不起。**

　　禮貌表示歉意時，一般可以說：「죄송합니다.」如果對方是長輩或上級，說的時候要微微鞠躬。對於較親近的關係如同學或同事，可以用「미안합니다.」代替。

04 **沒關係。**

　　回應別人的道歉時可以說：「괜찮아요.」意思是「沒關係」。這個表現的用法多樣，如關切他人時可以說：「괜찮아요？（你還好吧？）」，句尾語調上揚；安慰他人時也可用「괜찮아요.」句尾語調下降。

05 **打擾一下。**

　　請求原諒或想要引起他人注意時可以說：「실례합니다.」此一表達聽起來非常正式禮貌。在日常生活中，常用「저…」來引起對方注意而非直呼對方的名字或頭銜，這是因為韓國人稱呼他人時不使用「你」。

007.mp3

마크　　저……, 길 좀 가르쳐 주세요.

한국인　이쪽으로 가세요.

마크　　감사합니다.

한국인　별말씀을요.

馬克	打擾一下，請幫我指一下路。
韓國人	請往這邊走。
馬克	謝謝。
韓國人	不客氣。

008.mp3

마크　　정말 죄송합니다.

한국인　아니에요.

마크　　괜찮으세요?

한국인　네, 괜찮아요.

馬克	真對不起。
韓國人	沒關係。
馬克	您還好吧？
韓國人	是的，還好。

009.mp3

마크　실례합니다.

한국인　네?

마크　좀 지나가겠습니다.

한국인　아, 죄송합니다.

馬克	打擾一下。
韓國人	什麼?
馬克	我要過去一下。
韓國人	啊,對不起。

試試看

010.mp3

以下是馬克與敏珠之間的對話,由你來扮演馬克。
馬克向敏珠要一杯水。

저……, 물 좀 주세요.

여기 있어요.

별말씀을요.

解答 p.276

011.mp3

01 알겠습니다.

02 잘 모르겠는데요.

03 아니요, 잘 못해요.

04 저도 그렇게 생각해요.

05 그럽시다.

① 我明白了。 / 我知道了。

「알겠습니다.」在日常使用中有三種含義，第一種是禮貌地表示明白對方的意思，作用如同英文中的「I See.」第二種是用於討論結束時，表示已經明白剛剛所討論的話題，作用如同「I understand.」第三種表示確認已明白對方的要求並會按要求去做，像是「Yes, sir.」的意思。此一表現可對客戶或公司上級使用，對於親近的人最好使用更親切的表達「알겠어요.」。

② 我不太明白 / 不太清楚 / 不確定。

這一表達方式同樣也有三種含義，第一種是禮貌地表示你對所討論的話題不太明白，如同英語中的「I don't understand.」第二種是用來解釋你不知道對方想詢問的資訊，如同「I don't know.」第三種是指你對某件事情不太確定，如同「I'm not sure.」此表達僅用於口語。

③ 哪裡，我還做得不好。

當別人讚美你的某種能力時，例如稱讚你外語說的好或很會做菜，回答時可以謙虛地說「아니요, 잘 못해요.」在韓國，謙遜看待自己的能力是彬彬有禮的一種表現，因此即使你真的表現得很完美，也不要給自己過多的正面評價。

④ 我也那麼認為。

在口語對話中，如果同意某人的觀點可以說：「저도 그렇게 생각해요.」若不同意，可以委婉地說「그렇게 생각하세요？（你那樣認為嗎？）」

⑤ 就那麼做吧！

對某一話題經過一番討論後，表示同意最終的建議時可以說：「그럽시다.」這一正式表達常用於男性同事之間，女性之間不常用。對於親近的人可用「그래요.」來代替，通常由女性使用。

012.mp3

유진	저……, 부탁 하나 해도 돼요?
마크	말씀하세요.
유진	이거 좀 진수 씨한테 전해 주세요.
마크	네, 알겠어요.

幼珍 打擾一下，我有事拜託你。

馬克 請講。

幼珍 請把這個轉交給晉洙。

馬克 是，知道了。

013.mp3

마크	덕수궁이 어디에 있어요?
유키코	프라자 호텔 알아요?
마크	글쎄요, 잘 모르겠는데요.
유키코	그럼, 시청 알아요?
마크	네, 알아요.
유키코	덕수궁은 시청 앞에 있어요.

馬克 德壽宮在哪裡？

雪子 你知道廣場（Plaza）飯店嗎？

馬克 呃，不太清楚。

雪子 那你知道市政府嗎？

馬克 是的，知道。

雪子 德壽宮在市政府的前面。

014.mp3

한국인 한국어 정말 잘하시네요.

마크　아니요, 잘 못해요.

한국인 무슨 말씀을요. 잘하시는데요.

마크　아직 멀었어요.

韓國人 你的韓語說得真好。

馬克　不，我說得不好。

韓國人 哪裡，您說得很好。

馬克　還差得遠呢。

試試看

015.mp3

以下是馬克與敏珠在研討會餐桌旁的一段對話，由你來扮演馬克。
馬克不知道敏珠問的那個人是誰，他們打算一起去跟那個人打招呼。

저분이 누구세요?

글쎄요, _____.

그럼, 같이 가서
인사할까요?

_____.

解答 **p.276**

016.mp3

01 좋아요.

02 맞아요.

03 그럼요.

04 아, 그래요?

05 정말이에요?

01　好的 / 太好了。

　　日常生活中接受他人的建議時，可以說：「좋아요.」更正式的說法是「좋습니다.」主要由男性使用。相反地，拒絕他人的建議時，首先說「미안해요.」表示歉意，然後進一步解釋拒絕的理由。

02　對 / 就是這樣。

　　對某訊息的真實性做出肯定回答時可以說：「맞아요.」否定回答用「틀려요.（錯了）」。如果想確認某事可以說：「맞아요？」句尾語調上揚，通常用於確認電話號碼或約會時間。

03　當然。

　　表達某事不出所料或理所當然時，可以說：「그럼요.」在正式場合如公司會議中，最好使用「물론입니다.」來代替。

04　啊，是嗎？

　　當獲知新消息或聽明白某一情況時，可以回應說「아, 그래요？」句尾語調上揚，此表達通常用於口語會話。當表示對他人的話感興趣或不知如何回應對方時，都可以說這句話。

05　真的嗎？

　　對別人告訴你的故事難以置信，或者對剛剛聽到的消息感到吃驚，可以回應說「정말이에요？」但這一用語僅適用於親近的人之間，不能用於長輩或上級。

017.mp3

유키코 내일 시간 있어요?

마크　네, 있어요.

유키코 그럼, 내일 같이 영화 봐요.

마크　좋아요. 그래요.

雪子　明天有時間嗎？

馬克　是的，有時間。

雪子　那明天一起看電影吧。

馬克　好。就那麼做吧。

018.mp3

유키코 몇 시에 만나요?

마크　1시간 후에 봐요.

유키코 그럼, 3시 30분 맞아요?

마크　네, 맞아요.

雪子　幾點見面呢？

馬克　一個小時之後見。

雪子　那麼是三點三十分，對嗎？

馬克　是的，對。

019.mp3

소영　불고기 좋아해요?

마크　그럼요. 정말 좋아해요.

소영　저는 고기를 못 먹어요.

마크　아, 그래요?

素瑛　喜歡烤肉嗎？

馬克　當然。真的很喜歡。

素瑛　我不能吃肉。

馬克　啊，是嗎？

試試看

以下是馬克與敏珠之間的對話，由你來扮演馬克。
他們約定一起去爬山。

020.mp3

내일 등산 같이 가요.

_____ .

아침 7시 반에 만나요.

네, 맞아요. 그때 봐요.

7시 30분 _____ ?

解答 p.276

021.mp3

01 잘 지내셨어요?

02 오랜만이에요.

03 요즘 어떻게 지내세요?

04 덕분에 잘 지내요.

05 수고하셨습니다.

01　您過得好嗎？

見到熟人時可以說：「잘 지내셨어요？」來詢問他們的近況和表達你的關心，這一問候通常用於口語對話中，多日未見的朋友或時常見面的朋友之間都可使用。回答時可以說：「잘 지냈어요.（我過得很好）」。碰巧遇到熟人時可以先說「안녕하세요？」然後問「잘 지내셨어요？」以此來自然地展開對話。

02　好久不見。

表達與老朋友重逢的喜悅之情時可以說：「오랜만이에요.」或「오래간만이에요.」這兩種問候都常用於日常生活，回答時可以說：「네, 정말 오랜만이에요.（是的，真的是好久不見。）」

03　最近過得怎麼樣？

詢問熟人的近況時可以說：「요즘 어떻게 지내세요？」這一問候常用於口語會話，但不能用於經常見面的朋友之間。回答時可以簡單地說：「잘 지내요.（我過得很好。）」或者介紹一下你的近況。多日未見的人使用這一問候語可以使其中的一方瞭解另一方最近生活中的變化，以此來展開對話。

04　托您的福，過得很好。

這一表達的字面意思是幸虧有對方的關照，才有如今的好運或佳境。這源於東方的文化觀念，認為一個人的健康幸福跟周圍的人息息相關，這是韓國人的習慣表現。

05　您辛苦了。

수고 指對某一任務所付出的努力。當說「수고하셨습니다.」時，表示對他人在工作中所付出的努力表示感謝，主要用於為你提供服務的人，在支付服務費的時候，可說上一句「수고하셨습니다.」對忙碌了一天準備下班的同事們表示感謝時，也可以說這句話。

022.mp3

마크　잘 지내셨어요?

유키코　네, 잘 지냈어요.
　　　마크 씨도 잘 지내셨어요?

마크　네, 저도 잘 지냈어요.

馬克　過得好嗎?

雪子　是，過得很好。馬克你也過
　　　得好嗎?

馬克　是的，我也過得很好。

023.mp3

마크　오랜만이에요.

메이　네, 정말 오랜만이에요.

마크　요즘 어떻게 지내세요?

메이　덕분에 잘 지내요.

馬克　好久不見。

梅　　是啊，真是久違了。

馬克　最近過得怎麼樣?

梅　　托您的福，過得很好。

024.mp3

마크	여기에 놓아 주세요.
기사	네, 알겠습니다.
마크	（*邊付錢邊說*） 수고하셨습니다.
기사	감사합니다.

馬克　請放在這裡。

司機　是，知道了。

馬克　（*邊付錢邊說*）您辛苦了。

司機　謝謝。

試試看

025.mp3

以下是馬克與幼珍之間的對話，由你來扮演馬克。
馬克問幼珍近況如何。

오랜만이에요.

_____ ?

안녕하세요?

덕분에 잘 지내요.
마크 씨는요?

_____ .

解答 **p.276**

026.mp3

01 맛있게 드세요.

02 잘 먹겠습니다.

03 잘 먹었습니다.

04 아니요, 괜찮아요.

05 초대해 주셔서 감사합니다.

01　**祝您用餐愉快。**（字面意思：請好好享用。）

　　請客人用餐時，可以說：「맛있게 드세요.」在宴席或在餐廳用餐時經常會聽到這一用語。此表現聽起來親切友好，常用於日常生活，相似的表現還有「많이 드세요.（請多吃點。）」招待他人時可盡量使用這個用法。

02　**感謝您的款待／我要開動了。**（餐前用語，字面意思：「我會好好地吃」。）

　　對提供飲食的人表示感謝時，可以說：「잘 먹겠습니다.」其字面意思是指我會好好地吃，對請客的人也可以這樣說，習慣回答是「맛있게 드세요.」這些表達既可用於正式場合，也可用於日常生活。

03　**感謝您的款待／我吃飽了。**（餐後用語，字面意思：「我好好地吃過了」。）

　　用餐完畢後可以說：「잘 먹었습니다.」來感謝提供飲食的人，跟餐廳老闆結帳時也可使用這一用語。此表達既可用於正式場合，也可用於日常生活。

04　**不，夠了。**

　　韓國人認為請客人多吃是展示 정（熱情友好與慷慨關切）的一種表現，也是招待他人的禮貌做法，因此即使你吃完了整盤菜他們也會堅持讓你再吃，禮貌地表示拒絕可以說：「아니요, 괜찮아요.」對方仍會堅持讓你再吃一點，因為習慣上要禮讓三次。如果你確定不能再吃了，可以說：「아니요, 많이 먹었어요.（字面意思：不吃了，我吃很多了。）」

05　**感謝您的邀請。**

　　出席完某派對或活動要離開時，可以說：「초대해 주셔서 감사합니다.（感謝邀請）」，主人可以回應說「와 주셔서 감사합니다.（感謝您的光臨）」。如果想在會議或派對的中途離場，可以禮貌地說「그만 가 볼게요.（我先走了）」。若是正式場合最好說「그만 가 보겠습니다.」

027.mp3

한국인	맛있게 드세요.
마크	잘 먹겠습니다.
	(品嚐之後) 정말 맛있네요.
한국인	그래요? 많이 드세요.
마크	네.

韓國人　請好好享用。

馬克　感謝您的款待。（*品嚐之後*）味道真好。

韓國人　是嗎？請多吃點。

馬克　好的。

028.mp3

마크	잘 먹었습니다.
	정말 맛있었어요.
한국인	조금 더 드릴까요?
마크	아니요, 괜찮아요.
한국인	알겠어요.

馬克　我吃飽了。味道真的很不錯。

韓國人　再給您盛一點嗎？

馬克　不，不吃了。

韓國人　好的。

029.mp3

마크　초대해 주셔서 감사합니다.

아줌마　와 주셔서 고마워요.

마크　안녕히 계세요.

아줌마　안녕히 가세요. 또 놀러 오세요.

馬克　感謝您的招待。

大嬸　感謝您的光臨。

馬克　再見。

大嬸　請走好。歡迎你再來玩。

試試看

030.mp3

以下是馬克與幼珍之間的對話，由你來扮演馬克。
馬克應邀參加了幼珍的派對。

맛있게 드세요.

＿＿＿＿＿＿＿.

（用完餐之後）

음식은 어땠어요?

정말 맛있었어요.

＿＿＿＿＿＿＿.

解答 p.276

031.mp3

01 축하합니다.

02 제가 한턱낼게요.

03 힘드시겠어요.

04 걱정하지 마세요.

05 힘내세요.

01 **恭禧／祝賀（您）。**

　　祝賀別人時可以用「축하합니다.」可首先說出慶祝的場合如 생일（生日）、승진（升遷）、합격（考試過關）等，然後加上「축하합니다」此表達方式既可用於正式場合，也可用於非正式場合，回應時可以說：「감사합니다.」

02 **我請客／我買單。**

　　在韓國，若遇到需要慶祝的場合，習慣上是由發起慶祝的人來買單。或者請好朋友一起吃飯，許諾要請客時可以說：「제가 한턱 낼게요.」即使沒有要慶祝的特殊理由，朋友們一起吃飯時通常也是由一個人來買單，這是因為韓國人覺得各付各的令人感到很不舒服，他們有時會編一些理由以此來輪流付帳。

03 **您應該很不好受。**

　　安慰生活中遇到困難的人時可以說：「힘드시겠어요.」這時不能用「미안해요.（對不起）」，因為「미안해요.」只用於向他人道歉。若你要表達對某一不幸事件的遺憾或憐惜之情，而你在這一事件中並無過錯，就可用「유감입니다.（真不幸／真令人感到遺憾）」來表示你的感受。

04 **請不要擔心。**

　　試圖使焦慮緊張的人平靜下來時可以說：「걱정하지 마세요.」來自其他文化領域的人可能聽起來會覺得有點無禮，但韓國人經常使用這一表現方式。因為他們認為，對身處於麻煩之中的人表示殷切關心是非常重要的。常用其簡化形式「걱정 마세요.」

05 **加油。（字面意思：請多出一點力量。）**

　　鼓勵焦慮或失望的人時可以說：「힘 내세요.」亦可用英語外來語「파이팅（fighting）」，尤其是在賽前鼓勵運動員時，若再加上一個緊握拳頭的姿勢，那看起來就好像你在給他們力量。

032.mp3

마크	승진 축하합니다.
동호	감사합니다.
마크	정말 잘됐어요.
동호	제가 한턱낼게요.

馬克　恭禧升官了。

東昊　謝謝。

馬克　真是太好了。

東昊　我請客。

033.mp3

마크	힘드시겠어요.
한국인	네.
마크	제가 도울 일이 있으면 언제든지 말해 주세요.
한국인	고맙습니다.

馬克　您應該很不好受。

韓國人　是啊。

馬克　如果有我能幫上忙的事情，請隨時告訴我。

韓國人　謝謝。

034.mp3

메이 결과가 걱정돼요.

마크 걱정하지 마세요. 잘될 거예요.

메이 네, 고마워요.

마크 힘내세요. 파이팅!

梅	很擔心結果。
馬克	別擔心。會有好結果的。
梅	好的，謝謝。
馬克	加油！

試試看

035.mp3

以下是馬克和敏珠之間的對話，由你來扮演馬克。
馬克在祝賀敏珠的生日並想約她一起吃晚餐。

생일 _____.

_____.
오늘 저녁에 같이 식사해요!

좋아요.

제가 한턱낼게요.

解答 p.276

036.mp3

01 여보세요?

02 지금 통화 괜찮아요?

03 실례지만, 누구세요?

04 잠깐만요.

05 전화 잘못 거셨어요.

01 喂？

　　「여보세요.」是接電話時的習慣問候語，不管對方的年齡和身分地位如何，都可以使用這句話。通話結束道別時可以說：「안녕히 계세요.」

02 您現在方便講電話嗎？

　　詢問對方此刻是否方便接電話，可以說：「지금 통화 괜찮으세요？」，這一常見的表達方式既可用於商務往來，也可用於不太熟悉的人之間，以表示禮貌。回答時可以說：「네, 괜찮아요.（是的，方便）」，若你此刻正在忙，可以說：「제가 다시 전화할게요.（我再回電話給您）」。

03 對不起，請問您是哪一位？

　　此一表現用於詢問對方的身分。當你不確定是誰打來的電話，或是誰來拜訪時，都可以問「실례지만, 누구세요？」當別人打電話到你家想找其他人時，你也可以用這句話問對方，以確認其身分。這是一種禮貌用語，因此使用時要輕微降低聲調。

04 請稍等 / 請等一下。

　　在口語會話中請求對方等一下可以說：「잠깐만요.」雖然這不是一種正式的表現，但在交談中需打斷對方而又不想讓對方感到難堪時，用這個說法是非常方便的。正式場合則應該用「잠깐만 기다려 주세요.」來代替。

05 您打錯電話了。

　　禮貌地表示對方撥錯號碼可以說：「전화 잘못 거셨어요.」在日常生活中這種情況常常發生，因而記住這個說法是很重要的。為了聽起來更加禮貌，你可以說：「전화 잘못 거셨습니다.」

對話 1　接電話

037.mp3

유진	여보세요.
마크	여보세요. 저 마크예요.
유진	마크 씨, 안녕하세요.
마크	지금 통화 괜찮아요?
유진	괜찮아요. 말씀하세요.

幼珍　喂？

馬克　喂？我是馬克。

幼珍　馬克，你好。

馬克　現在方便講電話嗎？

幼珍　方便。請講。

對話 2　打電話找人

038.mp3

마크	여보세요. 폴 씨 계세요?
한국인	지금 안 계신데요. 실례지만, 누구세요?
마크	저는 마크라고 합니다. 메모 좀 전해 주세요.
한국인	잠깐만요.

馬克　喂？請問保羅在嗎？

韓國人　現在不在。對不起，請問您是哪位？

馬克　我叫馬克。請幫我留言給他。

韓國人　請稍等。

對話 3　打錯電話

한국인 여보세요. 김수민 씨 좀 바꿔 주세요.

마크　전화 잘못 거셨어요.

한국인 네? 거기 754-8812 아니에요?

마크　아닙니다.

한국인 죄송합니다.

韓國人　喂？請金秀敏接電話。

馬克　您打錯電話了。

韓國人　是嗎？您那裡不是
　　　　754–8812嗎？

馬克　不是。

韓國人　對不起。

試試看

040.mp3

以下是馬克與幼珍之間的對話，由你來扮演馬克。
馬克正在與幼珍講電話。

저, 마크예요.

지금 ＿＿＿＿＿＿＿＿?

＿＿＿＿＿＿＿.

미안해요.
제가 다시 전화할게요.

解答 p.276

041.mp3

01 네?

02 뭐라고 하셨어요?

03 못 들었어요.

04 다시 한번 말해 주세요.

05 잘 안 들려요.

01 **什麼？**

　　當不確定對方說話的內容時，可以說：「네？」讓對方重複。使用很高的語調會讓對方聽起來不舒服，因此語調只要稍微上揚就可以。

02 **您說什麼？**

　　請求他人重複某一訊息，可以說：「뭐라고 하셨어요？」雖然從文法上來說這是尊待語形式，但若對長輩或上級使用會讓對方覺得很不禮貌，因此說的時候要盡可能使用溫和的語氣。

03 **我聽不見 / 我沒聽到。**（字面意思：我沒聽到你說的話。）

　　當跟不上別人所說的話時可以說：「못 들었어요.」用來解釋你聽不明白或理解不了對方的話。當你發現自己跟不上韓國人很快的說話速度時，這一句話就可以派上用場了。

04 **請您再說一遍。**

　　禮貌地請求別人重複剛才所說的話，可以說：「다시 한번 말해 주세요.」這種禮貌溫柔的表達方式適用於每一個人。如果對方說話速度太快你跟不上，可以說：「천천히 말해 주세요.（請說慢一點）」。

05 **我聽不清楚（您說的話）。**

　　如果因為別處有噪音或者對方聲音太小導致你聽不清楚，可以說：「잘 안 들려요.」這一表現常用於電話交談，若想請對方說大聲一點，可以說：「크게 말해 주세요.（請您說大聲一點）」。

042.mp3

유진	진수 씨 전화번호 좀 가르쳐 주세요.
마크	네?
유진	진수 씨 전화번호요.
마크	네, 잠깐만요.

幼珍　請告訴我晉洙的電話號碼。

馬克　什麼？

幼珍　晉洙的電話號碼。

馬克　好的，請稍等。

043.mp3

마크	조금 전에 뭐라고 하셨어요?
메이	네?
마크	잘 못 들었어요. 다시 한번 말해 주세요.
메이	네, 알겠어요.

馬克　您剛才說什麼？

梅　　什麼？

馬克　我沒有聽清楚。請再說
　　　一遍。

梅　　好的，知道了。

044.mp3

마크 잘 안 들려요.
　　 좀 크게 말해 주세요.

수잔 *(提高聲量)* 이제 잘 들려요?

마크 아니요.

수잔 제가 다시 전화할게요.

馬克 我聽不清楚。請稍微大聲
　　 一點。

蘇珊 *(提高聲量)* 現在能聽清
　　 楚嗎？

馬克 聽不清楚。

蘇珊 我再重打一遍（電話）。

試試看

045.mp3

以下是馬克與一個韓國人之間的對話，由你來扮演馬克。
馬克在請求對方重複剛才說過的話。

저, 다시 한번 _____.

잘 _____.

네?

네, 내일 3시에 오세요.

解答 p.276

046.mp3

01 주말 잘 보내세요.

02 안녕히 가세요.

03 내일 봐요.

04 몸조리 잘하세요.

05 연락할게요.

01 祝週末愉快。

　　工作日即將結束時可以用「주말 잘 보내세요.」來祝同事週末愉快，此一表現也可以用於其他場合，例如一位同事要去度假，你可以用「휴가（休假）」來替換「주말（週末）」說成「휴가 잘 보내세요.」回答時可用簡單的重複來回答對方。

02 再見 / 請慢走。

　　這是道別時的常用表現。韓語中的兩種「再見」表達略有不同，一種是「안녕히 가세요.（字面意思：您好好地走）」，另一種是「안녕히 계세요.（字面意思：您好好地待在這裡）」，要根據自己的角色選擇到底該使用哪一個。若對方要離開去另一個地方，你應該說「안녕히 가세요.」若對方仍留在原地，你應該說「안녕히 계세요.」親近的人之間可分別用「잘 가요」來代替「안녕히 가세요」，「잘 있어요」代替「안녕히 계세요」。

03 明天見。

　　「내일 봐요.」聽起來不如「안녕히 가세요.」正式，因此可用於同年齡的人或者地位相當的同事之間。在正式的場合，最好使用更為禮貌的表達「내일 뵙겠습니다.」。

04 請好好調養身體。

　　跟病人道別時可以說：「몸조리 잘하세요.」這一表達既可用於朋友之間亦可用於長輩上級。回答時可說「감사합니다.（謝謝）」如果你想讓病人特別注意某一疾病例如流行性感冒，可以說：「감기 조심하세요.（請別感冒了。字面意思：請小心感冒。）」

05 我再跟你聯絡。

　　許諾一定會跟對方保持聯絡時，可以說：「연락할게요.」此表現僅用於關係親密的人之間。若對方是長輩或上級，應該使用正式的說法「연락드리겠습니다.」

047.mp3

마크	주말 잘 보내세요.	**馬克** 週末愉快！

마크　주말 잘 보내세요.

수잔　마크 씨도요.

마크　안녕히 계세요.

수잔　안녕히 가세요.

馬克 週末愉快！

蘇珊 你也是。

馬克 請留步／再見。

蘇珊 請走好／再見。

048.mp3

마크　그만 가 볼게요.

유진　잘 가요.

마크　내일 봐요.

유진　내일 봐요.

馬克 我先走了。

幼珍 請走好。

馬克 明天見。

幼珍 明天見。

049.mp3

마크　몸조리 잘 하세요.

메이　네, 고마워요.

마크　나중에 연락할게요.

메이　그래요.

馬克　請好好調養身體。

梅　　好的，謝謝。

馬克　我再跟你聯絡。

梅　　好的。

試試看

050.mp3

以下是馬克與敏珠之間的對話，由你來扮演馬克。
敏珠在跟馬克道別並祝他休假愉快，馬克也以此回應敏珠。

마크 씨, 휴가 잘 보내세요.

민주 씨도 _____.

그럼, 먼저 갈게요.
안녕히 계세요.

_____.

解答 p.276

Part II

日常生活中的24個場景

第1章　　開啟韓國之旅

第2章　　為在韓國生活做準備

第3章　　與朋友共度在韓國的生活

第4章　　適應韓國生活

第5章　　解決生活中的問題

第6章　　在韓國旅遊

第1章

開啟韓國之旅

場景01 在機場巴士總站

場景02 在地鐵站

場景03 在地鐵車廂內

場景04 在街上

야마다유키코(일본)
山田雪子（日本人）

第1章

開啟韓國之旅

在機場巴士總站
諮詢巴士資訊

좀 천천히 말해 주세요.

請您說得慢一點。

雪子　　路過的韓國人

051_N.mp3

유키코 저……, 몇 번 버스가 명동에 가요?

한국인 잠깐만요. 6001번 버스가 명동에 가요.

유키코 네? 좀 천천히 말해 주세요.

한국인 6001번 버스요.

유키코 버스가 얼마나 자주 있어요?

한국인 20분마다 있어요.

유키코 감사합니다.

雪子 不好意思……請問去明洞的公車是幾號?

韓國人 稍等一下，6001號公車有到明洞。

雪子 什麼？請您稍微講慢一點。

韓國人 6001號公車。

雪子 公車多久來一班呢？

韓國人 每二十分鐘一班。

雪子 謝謝。

▶ 新單字

몇 번　幾號
버스　公車
명동　明洞
가다　去
좀　稍微
천천히　慢慢地
말하다　講、説
있다　有、存在
분　分鐘
마다　每

▶ 新表現

저…….　不好意思……
잠깐만요.　稍等一下。
네?　什麼?
몇 번 버스가 …에 가요?
請問去……的公車是幾號?
얼마나 자주 …이/가 있어요?
……多久有……呢?

▶ 重點解析

❶ 몇 번
詢問數字時

我們可以用疑問詞몇 번（幾號）來詢問數字。例如，몇 번 可以用來問電話號碼、住址、郵遞區號、劇院的座位號碼或其他任何跟數字有關的問題，回答時則用漢字數字（일,이,삼,…），如果想讓對方重複數字以便確認，可以問 몇 번이에요?（是幾號?）

Ex. A 전화번호가 몇 번이에요?
　　　電話號碼是幾號?
　　B 3672-9415예요.
　　　是 3672-9415。

❷ 얼마나 자주
用於詢問反覆發生的頻率

詢問某一動作或事件發生的頻率時，可使用疑問詞얼마나 자주（多久一次）。回答時有兩種方式，一是在事件規律發生的具體時間後加上마다，如 일요일마다（每週日）。二是在一定期間內，事件規律發生的次數，如 한 달에 한 번（一個月一次）。

Ex. A 얼마나 자주 모임에 가요?
　　　多久去參加一次聚會?
　　B 일요일마다 가요
　　　每週日去聚會。
　　　(일주일에 한 번 가요.
　　　我每週去一次聚會。)

小叮嚀

● 讀漢字數字
複習學過的漢字數字。

1	2	3	4	5	6	7	8	9	10
일	이	삼	사	오	육	칠	팔	구	십

20	30	40	50	……	100	……	150
이십	삼십	사십	오십	……	백	……	백 오십

! 注意
確認下列數字的發音。

11 십일 [시빌]　　66 [육씸뉴]
16 십육 [심뉵]　　101 [배길]
19 십구 [십꾸]　　106 [뱅뉵]

文法焦點

文法表 p.266

– 아/어 주세요 請幫我…

　　–아 / 어 주세요 與動詞一起使用，用來請求某人幫你做某件事情。動詞 하다 以 해 주세요 的形式使用。當語幹以動詞 ㅏ 或 ㅗ 結尾時，連接 –아 주세요。其餘的動詞以 –어 주세요 連接。簡單來說即是，先把表達對方動作的動詞改為現在時制 –아 / 어요，並去掉요後，在結尾加上 주세요。例如，在請其他人講慢一點的時候，先把變動詞 말하다 改為現在時制 말해요，之後去掉 요 再添加 주세요 完成句子。

가르치다	길을 가르쳐 주세요. 請告訴我怎麼走。
말하다	천천히 말해 주세요. 請慢慢說。
오다	여기로 와 주세요. 請過來這邊。
★돕다	도와주세요. 請幫幫我。

　　在向別人要某東西的時候，是在物體後添加 주세요。例如，要一杯水的時候會說 물 주세요。

커피 주세요. 請給我咖啡。

영수증 주세요. 請給我收據。

　　좀 為請的意思，常用於口語對話使表達更有禮貌。좀 有兩種使用方法。一種是取代助詞 을 / 를；另一種是在動詞或副詞前表強調。

길 좀 가르쳐 주세요. 麻煩您教我怎麼走。

좀 천천히 말해 주세요. 麻煩您講慢一點。

練習題

1~4 看圖在以下的選項中選出合適的句子。

> ㉠ 전화번호를 알려 주세요.　　㉡ 사진을 찍어 주세요.
>
> ㉢ 천천히 말해 주세요.　　㉣ 도와주세요.

1.

2.

3.

4.

5~7 請用 -아/어 주세요 完成以下對話。

Ex. A 약속 시간을 잘 모르겠어요. 저한테 __알려 주세요__. (알리다)

　　 B 네, 알겠어요.

5. A 길이 많이 막혀요. 조금만 _____. (기다리다)

　　 B 알겠어요.

6. A 컴퓨터가 고장 났어요. 내일 _____. (고치다)

　　 B 알겠어요. 내일 7시에 고쳐 드릴게요.

7. A 이 옷이 좀 작아요. 다른 사이즈 옷으로 _____. (바꾸다)

　　 B 네, 바꿔 드릴게요.

解答 p.276

文法練習

052.mp3

副詞＋말해 주세요　認識說話的方式。

안 들려요. 크게 말해 주세요.　　　我聽不到，請講大聲一點。

너무 빨라요. 천천히 말해 주세요.　　太快了，請慢慢講。

못 들었어요. 다시 한번 말해 주세요.　我沒聽清楚，請再說一遍。

한국어를 몰라요. 영어로 말해 주세요.　我不懂韓語，請用英文跟我說。

疑問句＋알려 주세요　詢問更多資訊。

어떻게 가야 해요？ 알려 주세요.　　請告訴我應該怎麼走。

버스비가 얼마예요？ 알려 주세요.　　請告訴我公車票多少錢。

어디에서 표를 사요？ 알려 주세요.　　請告訴我在哪裡買票。

시간이 얼마나 걸려요？ 알려 주세요.　請告訴我會花多久時間。

▶ 補充單字

• 與公車／巴士相關的單字

교통 카드　交通卡

충전　加值

매표소　售票處

버스 정류장　公車站

버스 기사　公車司機

짐　行李

버스 정류장

짐

會話練習

053.mp3

時間＋에 / 時間間隔＋마다 있어요 解釋公車行程。

몇 시에 버스가 있어요? | 幾點有公車?
➡ 12시에 있어요. | ➡ 十二點的時候有車。
➡ 10분 후에 있어요. | ➡ 十分鐘後有車。
➡ 20분마다 있어요. | ➡ 每二十分鐘一班車。
➡ 30분마다 있어요. | ➡ 每半小時一班車。

地點＋이/가 어디예요 詢問地點。

화장실이 어디예요? | 請問洗手間在哪裡?
매표소가 어디예요? | 請問售票處在哪裡?
버스 정류장이 어디예요? | 請問公車站在哪裡?
안내 데스크가 어디예요? | 請問服務櫃台在哪裡?

發音小訣竅

몇 번 [멷 뻔]

054.mp3

終聲 ㄷ、ㅌ、ㅅ、ㅈ、ㅊ、ㅎ 皆發代表音「ㄷ」的音,所以 몇 讀作「멷」。當終聲子音「ㄱ、ㄷ、ㅂ」後面接初聲子音 ㄱ、ㄷ、ㅂ、ㅅ、ㅈ 時,ㄱ、ㄷ、ㅂ、ㅅ、ㅈ 會硬音化發「ㄲ、ㄸ、ㅃ、ㅆ、ㅉ」的音。因 번 的初聲子音 ㅂ 接在「몇」之後硬音化發「ㅃ」的音,故 몇 번 讀作〔멷 뻔〕。

예 몇 개 [멷깨] 몇 잔 [멷짠]

Coffee Break
如何讀公車號碼?

讀數字的時候,通常會使用漢字數字。所以,公車號602－1要怎麼讀呢?「－」讀作 다시,所以602－1讀作 육백이 다시 일。如果沒聽到號碼的話,用「네?」詢問,或使用肢體語言表達也是個好方法。

從機場到你的目的地

有三種搭乘大眾交通工具的方法，能夠讓你從仁川國際機場到達目的地：機場巴士、機場快線或是計程車。

首先，機場巴士是最便宜的，而且比計程車更加舒適。以仁川國際機場為起點的機場巴士會經過金浦機場到達首爾各主要景點。從仁川國際機場到金浦機場的車程大約是30分鐘；從金浦機場到首爾各區域的車程大約是半小時至一小時。當你踏出機場大門時，馬上就能看到巴士售票處與候車處。你可以透過觸控螢幕搜尋公車路線來找目的地。如果回程有打算再搭機場巴士，下車之前請記得跟公車司機確認開往仁川機場方向的公車在哪個位置搭車。除此之外，你也可以從仁川機場搭長途巴士直達釜山、光州或大田等地。

再來，要到達你的目的地，機場快線是最便宜、花費時間最短且不會塞車的交通方式。機場快線有分直達列車跟普通列車。直達列車從仁川機場到首爾站約30分鐘，中途不停靠任何站點，直達首爾車站。若搭乘普通列車，從仁川機場到首爾站約花費60分鐘。普通列車可在首爾地鐵站轉乘地鐵，所以能到達首都圈各地。機場快線的優點還有設施乾淨、價格便宜與方便前往車站等。

最後，要離開機場也可以選擇搭乘計程車，但跟機場巴士、機場快線相比，費用相對比較昂貴。但計程車的好處是能夠直達你要去的目的地。

如果告知你要去的目的地，就能在機場服務台尋求幫助。如果你需要翻譯服務，撥打1330（不需撥打區碼）便能聯繫韓國觀光公社的翻譯人員。這個翻譯服務一天24小時都免費，且能提供關於交通、餐廳及住宿的額外資訊。

在地鐵站

詢問地鐵目的地

반대쪽에서 타세요.

請在對面搭車。

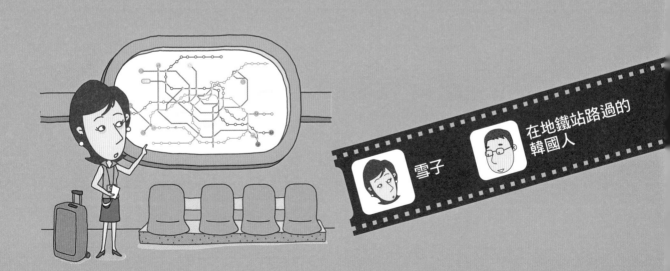

雪子

在地鐵站路過的韓國人

055_N.mp3

유키코 저……, 이 지하철이 강남역에 가요?

한국인 아니요, 반대쪽에서 타세요.

유키코 반대쪽요?

한국인 네, 저기에서 타세요.

유키코 반대쪽에 어떻게 가요?

한국인 이 계단으로 가세요.

유키코 알겠어요. 감사합니다.

雪子　不好意思，請問這班地鐵有到江南站嗎？

韓國人　沒有，請去對面搭車。

雪子　對面？

韓國人　是的，請到那邊搭車。

雪子　請問對面要怎麼過去？

韓國人　請走這個樓梯過去。

雪子　我知道了，謝謝您。

이　這
지하철　地鐵
강남역　江南站
에　地方助詞（表目的地或地點）
반대쪽　對面、反方向
에서　地方助詞（表動作發生地點的位置）
(으)로　表行動方法、手段、工具
타다　搭乘
저기　那邊
어떻게　如何、怎麼
계단　樓梯

▶ 新表現

아니요.　不
반대쪽에서 타세요.
請在對面搭車。
반대쪽에 어떻게 가요?
請問對面要怎麼過去？
이 계단으로 가세요.
請走這個樓梯過去。
알겠어요.
我明白了／我知道了。

▶ 重點解析

❶ 이 / 그 / 저
這 / 那 / 那

이/그/저要放在所指的名詞前。當所指事物離說話者近時用 이，離聽者近說話者遠時用 그，離聽者和說話者都遠時用 저。在會話過程中，若聽者與說話者皆看不到所指事物，應該用그。

Ex. 이 지하철이 명동에 가요?
　　這班地鐵有到明洞嗎？
Ex. 어제 그 영화가 재미있었어요?
　　昨天那部電影有趣嗎？
Ex. 저 사람 알아요?
　　你認識那個人嗎？

❷ 에 與 에서
表地點

韓語中，地方助詞 에 與 에서 表地點。에서用來指動作發生的地點，像是 운동하다 或 먹다；에 通常與動詞 있다 和 없다 搭配使用，表示一個狀態的位置。

Ex. 보통 저는 집에서 밥을 먹어요.
　　我通常在家吃飯。
Ex. 지금 집에 있어요.
　　我現在在家。

小叮嚀

● 表達方向

在韓語中，添加 쪽 是用來表達方向。在表達方向時，使用 동쪽（東方）、서쪽（西方）、남쪽（南方）、북쪽（北方）或用手指方向表達 이쪽（這邊）、저쪽（那邊）。

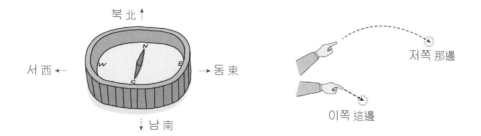

북 北

서 西　　　東 동

남 南

저쪽 那邊

이쪽 這邊

文法焦點

文法表 p.266

命令形 - (으) 세요 與 지 마세요

　- (으) 세요在日常中，用來詢問、推薦、建議或禮貌性地命令他人做某事，連接在動詞語幹後。當動詞語幹以母音結尾的時候連接 - 세요；當動詞語幹以子音結尾的時候連接 - (으)세요。

들어오다　들어오세요. 請進。

앉다　여기 앉으세요. 請坐這。

★듣다　아침 뉴스를 들으세요. 請聽晨間新聞。

　相反地，當要求、推薦、建議或命令他人不要做某件事實的時候，使用 - 지 마세요。

피우다　담배를 피우지 마세요. 請不要抽菸。

먹다　이 음식을 먹지 마세요. 請不要吃這個食物。

　大部分的動詞，能夠在動詞語幹後添加 - (으)세요。然而，少數動詞如 먹다、있다、자다、말하다 在形成指令或命令時，會轉換成尊待形 드시다、계시다、주무시다、말씀하시다。

먹다, 마시다　드시다　Ex. 많이 드세요. 請多吃一點。

있다　계시다　Ex. 안녕히 계세요. 再見。

자다　주무시다　Ex. 안녕히 주무세요. 晚安。

말하다　말씀하시다　Ex. 좀 크게 말씀하세요. 請講大聲一點。

! 注意！

在場景1中我們學到，- (으) 세요 與 -아 / 어 주세요 是不同的。當你要求某人替你做某事，或替自己要某東西的時候，使用 -아 / 어 주세요。另一方面，- (으) 세요 是用於指示某人替非說話者做某事的情況。例如，當女子要求男子買包包給她時，她會使用 -아 / 어 주세요。然而，當女子建議男子買包包給自己時，會使用 - (으) 세요。

練習題

1~3 看圖選出正確的選項以完成句子。

Ex.

14페이지를 ✔️ 펴세요 / ② 펴지 마세요.

1.

의자에 ① 앉으세요 / ② 앉지 마세요.

2.

책을 ① 보세요 / ② 보지 마세요.

3.

영어로 ① 말하세요 / ② 말하지 마세요.

4~6 選出正確單字，並使用 – (으)세요 或 – 지 마세요 來完成對話。

먹다	얘기하다	피우다	건너다

Ex. A 한국어를 어떻게 공부해요?

　　 B 한국 사람하고 많이 <u>얘기하세요.</u>

4. A 은행에 어떻게 가요?

　　 B 저기 가게 앞에서 길을 _____.

5. A 요즘 힘이 없어요.

　　 B 그러면 이 약을 _____.

6. A 목이 너무 아파요.

　　 B 담배가 안 좋아요. 담배를 _____.

解答 p.276

文法練習

056.mp3

指示方向的副詞＋가세요 指示方向。

쭉 가세요.	請直走。
왼쪽으로 가세요.	請往左邊走。
오른쪽으로 가세요.	請往右邊走。
길을 따라 가세요.	請沿著路走。

動作＋-지 마세요 看標誌。

뛰지 마세요.	請不要跳。
사진을 찍지 마세요.	請勿拍照。
음식을 먹지 마세요.	請勿飲食。
담배를 피우지 마세요.	請勿抽菸。

▶ 補充單字

• 地鐵相關單字

도착 抵達
출발 出發
출구 出口
입구 入口
비상구 緊急出口
개찰구 驗票閘門

출구, 입구

會話練習

057.mp3

어디에서/어느 역에서 …? 詢問有關地點的資訊。

어디에서 사요?
➡ 입구에서 사세요.

要去哪裡買？
➡ 請在入口購買。

어디에서 타요?
➡ 반대쪽에서 타세요.

在哪裡搭車？
➡ 請在對面搭車。

어느 역에서 내려요?
➡ 강남역에서 내리세요.

要在哪一站下車？
➡ 請在江南站下車。

어느 역에서 갈아타요?
➡ 시청역에서 갈아타세요.

要在哪一站轉乘？
➡ 請在市政府站轉乘。

方法、手段＋(으)로 가세요 告知怎麼去。

어떻게 가야 해요?

請問該怎麼去？

➡ 이쪽으로 가세요.

➡ 請走這邊。

➡ 계단으로 가세요.

➡ 請走樓梯過去。

➡ 엘리베이터로 가세요.

➡ 請搭電梯過去。

➡ 에스컬레이터로 가세요.

➡ 請搭手扶梯過去。

發音小訣竅

감사합니다 [감사함니다]

058.mp3

當終聲子音發〔ㄱ、ㄷ、ㅂ〕的音時，如下一音節的初聲是以 ㄴ、ㅁ 開始，那終聲子音〔ㄱ、ㄷ、ㅂ〕會鼻音化發〔ㅇ、ㄴ、ㅁ〕的音。如上述例子，「합」的終聲子音「ㅂ」因為後一音節니 的初聲子音「ㄴ」而鼻音化發「ㅁ」的音。

例 죄송합니다 [죄송함니다] 미안합니다 [미안함니다]

Coffee Break

地鐵線的方向

韓國地鐵二號線是循環運行，然而其他地鐵線是直線運行，因此理解地鐵的運行方向是一件重要的事。如果地鐵顯示〇〇方面，就表示列車開往〇〇方向。舉例來說，如果想搭開往金浦機場的五號線，那你應該注意進站列車是否顯示 김포 공항 방면，或是問旁人「이거 김포 공항 방면 지하철 맞아요? （這是開往金浦機場的車嗎？）」

首爾交通卡

首爾的大眾運輸系統非常完善，而且費用便宜，民眾可以使用現金或交通卡支付搭乘大眾運輸的費用。韓國人普遍使用交通卡搭乘大眾運輸，不僅是因為交通卡付費方便，還有在轉乘其他大眾交通工具時，使用現金付款沒有轉乘優惠。交通卡能夠在便利商店購買或儲值。韓國人最常使用的是有交通卡功能的信用卡，或是使用手機app的交通卡。

如果使用交通卡搭大眾運輸，在首爾或京畿道轉乘地鐵及公車時，可享有轉乘優惠。只要花1200韓元至2000韓元，你就能從首爾輕鬆遊走大都會地區。你可以在30分鐘內免費換乘不同交通工具。然而，如果目的地的第一站到最後一站是10公里或更遠，且旅遊時間超過1小時，就會被收取額外費用。

交通卡的使用方法也很簡單，地鐵進出站時都要刷卡，公車上下車時都要刷卡。搭乘地鐵時，每個人會需要一張交通卡；但搭乘公車時，可以多人使用一張交通卡。如果是多人刷一張交通卡，上車時要先跟司機說人數，並依照司機指示刷卡。不論什麼時候搭乘，都必須要遵守相同的流程。

除此之外，交通卡還可以用來支付計程車費。但請注意，從公車、捷運轉搭計程車是沒有折扣優惠的。

在地鐵車廂內

與初次見面的人打招呼

외국인이세요?

您是外國人嗎?

雪子　地鐵站遇到的韓國人

059_N.mp3

유키코 저……, 강남역 멀었어요?

한국인 아직 멀었어요.

유키코 네.

한국인 외국인이세요?

유키코 네, 일본에서 왔어요.

한국인 그런데 한국말을 잘하세요.

유키코 아니에요, 잘 못해요.

雪子　不好意思，請問江南站很遠嗎？

韓國人　還很遠。

雪子　好的。

韓國人　您是外國人嗎？

雪子　是的，我來自日本。

韓國人　不過您的韓語真流利。

雪子　沒有，我韓語不好。

멀다　遠
아직　仍然、還、尚
외국인　外國人
일본　日本
그런데　不過、可是
한국말　韓語
잘하다　流利
아니다　不
잘　很好
못하다　不好、不擅長

… 멀었어요?　…遠嗎？
아직 멀었어요.　還很遠。
네.　是、好的。
한국말을 잘하세요.
您的韓語真流利。
아니에요, 잘 못해요.
沒有，我韓語不好。

❶ 잘해요 與 못해요
擅長與不擅長

當你擅長某件需要特別技術、能力或技能的事情時，例如運動或下廚，你會使用動詞 잘하다。當你不擅長某件需要特別技術、能力或技能的事情時，你會使用動詞 못하다。잘하다 與 못하다通常會與助詞 을 / 를 一起使用，但 을 / 를 經常會在口語中省略。

Ex. 진수 씨는 수영을 잘해요. 그런데 요리를 못해요.
振秀擅長游泳。但不擅長下廚。

❷ 아니요 與 아니에요
否定回答

아니요 與 아니에요 都是用在否定回答，但使用上也有些許不同。아니요 是 네 的否定詞，而 아니에요 有 그것이 아니다 的意思。在這段對話中，아니에요. 잘 못해요.表示「不，我不擅長。」因此這邊應使用 아니에요 而不是 아니요。

Ex. A 폴 씨, 학생이에요?
保羅，你是學生嗎？
B 아니요, 학생이 아니에요.
不，我不是學生。

小叮嚀

● 國家與語言

國家名稱後緊跟 사람 或 인，表示擁有該國國籍的國民。
在國家名稱後加上 말 或 어，表示該國的語言。

	國家	韓國	日本	中國	法國	美國	外國
國籍	口語	한국 사람 韓國人	일본 사람 日本人	중국 사람 中國人	프랑스 사람 法國人	미국 사람 美國人	외국 사람 外國人
	書面語	한국인 韓國人	일본인 日本人	중국인 中國人	프랑스인 法國人	미국인 美國人	외국인 外國人
語言	口語	한국말 韓語	일본말 日語	중국말 中文	프랑스말 法語	영어 英語	외국말 外語
	書面語	한국어 韓語	일본어 日語	중국어 中文	프랑스어 法語	영어 英語	외국어 外語

(*英語是例外)

文法焦點

尊待語 – （으）세요

　　當句子裡的對象年紀比話者大或是位階較高，可以透過動詞加 –（으）시 來表達尊敬或崇敬。問問題時，也可以使用尊待語來表達敬意。表達尊敬時，現在時制動詞語幹或形容詞添加 –（으）세요；過去時制為 –（으）셨어요；未來時制為 –（으）실 거예요。此外，為了對句子的主語表達敬意，可使用 께서 取代主格助詞 이/가。

| 一般 | 친구가 전화해요. 朋友打電話。 |

| 尊待 | 아버지께서 전화하세요. 父親打電話。 |

| 一般 | 친구가 신문을 읽어요. 朋友讀報紙。 |

| 尊待 | 어머니께서 신문을 읽으세요. 母親讀報紙。 |

　　向聽者表達尊敬時，使用 –（으）세요。需要注意的是，尊待語是向聽者提問時使用的，但不用於回答有關自己的問題。

　　A 어디에 가세요? 您要去哪裡？

　　B (제가) 은행에 가요. (O) （我）去銀行。

　　(제가) 은행에 가세요. (X)

　　表達敬意時，會使用尊待語 잡수시다、드시다、계시다、주무시다、말씀하시다 來取代一些主要用於日常生活中的動詞如 먹다、마시다、있다、자다、말하다。

> **注意！**
> 命令形 –（으）세요 和現在時制尊待語形態 –（으）세요 意義不同，但用法相同。然而否定命令形 –지 마세요 和現在時制否定尊待語形態 –지 않으세요 在意義和形態上都有所不同。請小心不要搞混了。

	命令形	現在時制尊待語形態
肯定	전화하세요. 請打給我。	아버지께서 자주 전화하세요. 我爸爸經常打電話。
否定	전화하지 마세요. 請不要打給我。	아버지께서 자주 전화하지 않으세요. 我爸爸不常打電話。

1~5 以下是雪子描述母親的句子，請用提示的動詞完成句子。

Ex. 제 어머니는 지금 일본에 <u>계세요</u> . (있다)

1. 여행을 아주＿＿＿＿＿＿＿ . (좋아하다)

2. 그래서 여행을 자주＿＿＿＿＿＿＿ . (가다)

3. 어제도 어머니께서 저한테＿＿＿＿＿＿ . (전화하다)

4. 지난달에 어머니가 한국에＿＿＿＿＿＿ . (오다)

5. 그때 한국 음식을 많이＿＿＿＿＿＿ . (먹다)

6~8 馬克在以下的會話中用尊待語形式提問，請使用尊待語完成以下對話。

Ex. A 어디에서 <u>일하세요</u> ?
　　 B 우체국에서 일해요.

6. A 자주 텔레비전을＿＿＿＿＿＿ ?
　　 B 네, 자주 봐요.

7. A 어제 어디에＿＿＿＿＿＿ ?
　　 B 집에 있었어요.

8. A 어제 저녁에 무슨 책을＿＿＿＿＿＿ ?
　　 B 한국 문화 책을 읽었어요.

解答 p.276

文法練習

060.mp3

名詞＋(이)세요?　確認你應該對誰使用尊待語。

한국 분이세요?　　　　　　　您是韓國人嗎?

➡ 네, 한국 사람이에요.　　　➡ 是，我是韓國人。

직장인이세요?　　　　　　　您是上班族嗎?

➡ 아니요, 학생이에요.　　　➡ 不，我是學生。

미국 분이세요?　　　　　　　您是美國人嗎?

➡ 아니요, 캐나다 사람이에요.　➡ 不，我是加拿大人。

언제 –(으)셨어요?　跟一位你應該使用尊待語的人問問題。

언제 한국에 오셨어요?　　　　您什麼時候來韓國的?

➡ 일주일 전에 왔어요.　　　➡ 一週前來的。

언제 처음 서울에 오셨어요?　您第一次來首爾是什麼時候?

➡ 이번에 처음 왔어요.　　　➡ 這次是第一次來。

언제 한국어 공부를 시작하셨어요?　您什麼時候開始學韓語的?

➡ 작년에 시작했어요.　　　　➡ 去年開始學的。

▶ 補充單字

• 與個人資料相關的單字

나라　國家
고향　故鄉
나이　年齡
취미　興趣
전공　主修、專攻
연락처　連絡電話

會話練習

061.mp3

地點＋에 다녀요/에서 일해요 談論對方從事什麼工作。

무슨 일 하세요? 　　　　　　　　請問您從事什麼工作？

➡ 회사에 다녀요. 　　　　　　　➡ 我在公司上班。

➡ 학교에 다녀요. 　　　　　　　➡ 我在上學。

➡ 집에서 일해요. 　　　　　　　➡ 我在家工作。

➡ 학원에서 일해요. 　　　　　　➡ 我在補習班工作。

所需時間＋ 걸려요 談論所需時間。

여기에서 강남역까지 얼마나 걸려요? 　請問從這裡到江南站要花多久時間？

➡ 30분쯤 걸려요. 　　　　　　　➡ 大約三十分鐘。

➡ 1시간쯤 걸려요. 　　　　　　➡ 大約一小時。

➡ 오래 걸려요. 　　　　　　　　➡ 要很久。

➡ 얼마 안 걸려요. 　　　　　　➡ 不會太久。

發音小訣竅

못해요 [모태요]

062.mp3

終聲子音只有7個代表音「ㄱ、ㄴ、ㄷ、ㄹ、ㅁ、ㅂ、ㅇ」，其中終聲子音 ㄷ、ㅌ、ㅅ、ㅆ、ㅈ、ㅊ、ㅎ 都發〔ㄷ〕的音。例如 못 發〔몯〕。當終聲子音 ㄱ、ㄷ、ㅂ、ㅈ 連接的下一個音節初聲子音為 ㅎ 時，ㄱ、ㄷ、ㅂ、ㅈ 會激音化發〔ㅋ、ㅌ、ㅍ、ㅊ〕的音。譬如上述例子中，못〔몯〕的〔ㄷ〕後面接 해요 的「ㅎ」，激音化發「ㅌ」，因此 못해요 應讀作「모태요」。

☕ Coffee Break

與年紀相關的各種問題

韓國人經常在初次見面時詢問年紀，因為他們得決定自己該使用哪種表達方式。對年紀相仿的人可以直接問 나이가 어떻게 되세요（你年紀多大？）、몇 년생이세요？（你幾年次的？）、무슨 띠예요？（你屬什麼的？）當對方明顯年紀比自己大時，可以說 연세가 어떻게 되세요？（請問您貴庚？）

韓語名字

對外國人來說，要記憶韓國人的名字是困難的。這是因為許多人有相同的姓氏，以及韓語名字通常聽起來都很相似，而且由三個音節組成。同姓的人有很多，只有少數情況才會出現特別的姓氏。大多數的韓語名字聽起來都很像，因為是由三個音節組成。

主要四個姓氏占總人口數的49.6%。這四個姓氏中，金氏最大宗占21.6%；接下來依序是李氏（14.8%）、朴氏（8.5%）及崔氏（4%）。因為在韓國有很多同姓氏的人，所以人們很少用姓氏來稱呼。工作時，韓國人會用職稱來稱呼人，像是 사장님、부장님；而具體對象會加上姓氏稱呼 김 사장님、이 부장님。私底下的聚會裡，大家會在人名之後添加씨來表達敬意。例如 김진수 不會稱為 김씨，而會稱為 김진수 씨。

大部分的韓語名字是由一個音節的姓氏與兩個音節的名字組成。兄弟姊妹還會有

相同的音節，稱之為 돌림자（字輩－意指不同代的人會有不同的字輩）。韓國仍然保有家族樹狀圖，這稱之為 족보（祖譜）。

如果你查看一下這些紀錄，會發現 돌림자 的順序已經替下一代設定好了，且能夠輕易地理解家族順序。如果三兄弟的名字為 박진호、박영호、박준호，那這就是 호 字輩；他們下一代的兒子將會命名為 박종원、박종수

的 종 字輩。因為有這個字 輩系統，所以韓國兄弟之間的名字發音會很相似，但父親與兒子的名字卻不會一樣，這與西方文化很相似。近年來韓國生育率下降，所以近期有出現不使用字輩的例子。

韓國女姓在結婚之後不會更改姓氏。在韓國，家族血脈是很重要的，所以韓國女姓即使結婚，仍會保留原生家庭父親的姓氏，不會冠夫姓，小孩則跟著丈夫姓。

在街上
詢問方向以到達目的地

이쪽으로 쭉 가면
오른쪽에 편의점이 있어요.

朝這個方向一直走，右邊會有便利商店。

雪子　　路過的韓國人

063_N.mp3

유키코 저……, 인사동에 어떻게 가요?

한국인 이쪽으로 쭉 가면 오른쪽에 편의점이 있어요.

유키코 네.

한국인 편의점 앞에서 횡단보도를 건너세요.

유키코 그다음은요?

한국인 조금 더 가면 약국이 보여요.
　　　 약국 앞에서 왼쪽으로 가면 인사동이에요.

유키코 고맙습니다.

雪子　不好意思，請問仁寺洞要怎麼走？

韓國人朝這個方向一直走，右邊會有便利商店。

雪子　是。

韓國人請過便利商店前的斑馬線。

雪子　接下來呢？

韓國人再往前走一點會看到藥局，藥局前左轉直走就是仁寺洞了。

雪子　謝謝您。

▶ 新單字

인사동　仁寺洞
이쪽　這個方向
쭉　方向、邊
오른쪽　右邊
편의점　便利商店
앞　前
횡단보도　斑馬線
건너다　穿過、跨過
그다음　接下來、之後
조금　稍微、一點
더　再
보이다　看見
약국　藥局
왼쪽　左邊

▶ 新表現

…에 어떻게 가요 ?
請問要怎麼去…？
그다음은요 ?
接下來呢？
…이/가 보여요.
你會看到…。
고맙습니다.
謝謝。

▶ 重點解析

① 그다음은요 ?
詢問接下來的指示

在口語表達中，重複的內容常常被省略。在詢問重複的問題時，重複的部分會被省略，並添加 요 表達尊敬。在接下來的對話中，省略重複的問句並添加 요。

Ex. A 어떻게 지내요 ?　你過得如何？
B 저는 잘 지내요. 진수 씨는요 ? (= 진수 씨는 어떻게 지내요 ?)
我過得不錯。鎮秀你呢？（＝鎮秀你過得好嗎？）
A 저도 잘 지내요. 我也過得不錯。

② 助詞（으）로
詢問某一地點的位址

在韓語中，透過動作動詞 가다 或 오다 表達方向時，會使用表方位的助詞（으）로。例如，人們會指著一個方向說「이쪽으로 가세요」。此外，使用靜態動詞表達某一物體位置時，用 있다；而助詞에添加於名詞後表地點。例如，我們會說「화장실이 이쪽에 있어요.（洗手間在這個方向）」。

Ex. A 이 사전이 얼마쯤 해요 ?
這本辭典大概多少錢？
B 10만 원쯤 해요. 大概10萬韓圓左右。

• **表示相對位置的字彙**

책상 위 書桌上面
책상 옆 書桌旁邊
책상 아래 書桌下面

컵하고 시계 사이에
杯子和鬧鐘之間

의자 뒤 椅子後面
의자 앞 椅子前面

냉장고 안 冰箱裡面
냉장고 밖 冰箱外面

小叮嚀

文法表 p.267~268

– (으) 면 如果…

　　– （으）면 表明句中的條件子句。韓語中，條件子句通常會擺在句首，後面接陳述事實或情況的主要句子。以下面這個句子為例，句首先出現條件子句 오른쪽으로 쭉 가면（如果往右直走），後面接主要句子 인사동이에요（就是仁寺洞）。造假設句時，只需將 – （으）면 放在動詞或形容詞語幹後即可。如果動詞或形容詞語幹是母音結尾，用 – 면；如果是子音結尾，用 – （으）면。

　　– （으）면 也可用於表達與現實情況不同的假設。舉例來說，如果你現在沒有錢，就寫下假設條件 돈이 있으면（如果有錢）並想像自己是有錢的。然後加上主要句子 세계 여행을 갈 거예요（我要去環遊世界）。

가다	왼쪽으로 가면 약국이 있어요. 如果左轉直走就會看到藥局。
오다	내일 비가 안 오면 등산하러 갈 거예요. 如果明天沒有下雨，我就要去爬山。
좋다	날씨가 좋으면 같이 산책해요! 如果天氣好就一起散步吧！
★듣다	한국 음악을 많이 들으면 듣기를 잘할 거예요. 如果多聽韓國音樂，聽力就會進步。
★춥다	날씨가 추우면 다음에 만나요. 如果天氣冷就下次再見面。

> **! 注意!**
>
> 當語幹以 ㄹ 結尾，例如動詞 살다（生活）或形容詞 멀다（遠），後面會接 – 면 而不是 – 으면，因為 으 無法與語幹子音 ㄹ 連接。
>
> 살다 → 살면 (O)　　Ex 한국에서 살면 한국어를 빨리 배울 거예요.
> 　　　살으면 (X)　　　　如果我生活在韓國的話，我將會很快速地學習韓語。
> 멀다 → 멀면 (O)　　Ex 집이 학교에서 멀면 피곤할 거예요.
> 　　　멀으면 (X)　　　　如果你家距離學校很遠的話，你會覺得疲累。

1~4 請將條件與結果連起來。

1. 오른쪽으로 가면　　　•

2. 날씨가 좋으면　　　　•

3. 한국 친구가 있으면　•

4. 옷이 너무 비싸면　　•

•ㄱ 그 옷을 안 살 거예요.

•ㄴ 산책할 거예요.

•ㄷ 병원이 보여요.

•ㄹ 한국어를 빨리 배울 거예요.

5~7 根據以下的建築物示意圖，在空白處填入適當的答案。

5. A 실례합니다. 영화관이 어디에 있어요?

   B 이쪽으로 쭉 가면 약국이 보여요. 횡단보도를 건너면 ＿＿＿＿이/가 있어요.
   약국에서 ＿＿＿＿으로 가면 오른쪽에 있어요.

6. A 실례합니다. 공원이 어디에 있어요?

   B 이쪽으로 쭉 가면 ＿＿＿＿이/가 있어요. 길을 건너면 ＿＿＿＿이/가 있어요.
   우체국에서 ＿＿＿＿으로 가면 공원이 오른쪽에 있어요.

7. A 실례합니다. 주차장이 어디에 있어요?

   B 이쪽으로 ＿＿＿＿가면 사거리가 보여요. 사거리를 지나서 가면 ＿＿＿＿에
   있어요. 카페 ＿＿＿＿에 있어요.

解答 p.276

文法練習

064.mp3

-(으)면 地點+이/가 있어요/보여요 解說方向。

박물관에 어떻게 가요?
➡ 왼쪽으로 가면 박물관이 있어요.

請問博物館要怎麼走？
➡ （如果）左轉直走就會看到博物館了。

지하철역에 어떻게 가요?
➡ 오른쪽으로 가면 지하철역이 보여요.

請問地鐵站要怎麼走？
➡ （如果）右轉直走就會看到地鐵站了。

식당에 어떻게 가요?
➡ 저 건물을 지나면 식당이 보여요.

請問餐廳要怎麼走？
➡ （如果）過了那棟建築就會看到餐廳了。

-(으)면 -(으)세요 提出要求。

횡단보도를 보면 건너세요.

如果看到斑馬線，請穿越斑馬線。

약국이 보이면 오른쪽으로 가세요.

如果看到藥局，請往右走。

질문이 있으면 언제든지 물어보세요.

如果有問題，請隨時問我。

▶ 補充單字

• 街道上的事物
사거리　十字路口
횡단보도　斑馬線
신호등　紅綠燈
간판　招牌
골목　巷弄
쓰레기통　垃圾桶

會話練習

065.mp3

이 근처에 地點＋이/가 있어요?　詢問附近地點的資訊。

이 근처에 화장실이 있어요?
➥ 네, 2층에 있어요.

請問這附近有洗手間嗎?
➥ 有,在二樓。

이 근처에 편의점이 있어요?
➥ 네, 저기에 있어요.

請問這附近有便利商店嗎?
➥ 有,在那邊。

이 근처에 영화관이 있어요?
➥ 네, 저 건물 뒤에 있어요.

請問這附近有電影院嗎?
➥ 有,在那棟建築的後面。

얼마나 멀리/오래/많이/자주 …?　詢問時間、距離、程度。

얼마나 멀리 가야 해요?
➥ 500m쯤 가면 돼요.

我得走多遠?
➥ 大約走500公尺就到了。

얼마나 오래 가야 해요?
➥ 10분쯤 가면 돼요.

我得去多久?
➥ 大約十分鐘就可以了。

사람이 얼마나 많이 있어요?
➥ 100명쯤 있어요.

那邊有多少人?
➥ 大約100人。

發音小訣竅

앞 [압] / 앞에서 [아페서]

066.mp3

當音節以終聲子音結尾,如上面第一個例子,終聲子音 ㄱ、ㅋ 發〔ㄱ〕音;ㄷ、ㅅ、ㅌ、ㅈ、ㅊ、ㅎ 發〔ㄷ〕音;ㅂ、ㅍ發〔ㅂ〕音。然而,當終聲子音後面接母音,如上面第二個例子。終聲子音會連音至下一個音節,發初聲子音的音。所以 앞에서 的 앞 連音到第二個音節初聲子音的位置發初聲子音的音,讀作〔아페서〕

Coffee Break

詢問方向

首爾已經有600年歷史。因為道路是很久以前規劃的,所以有許多地方的路不是筆直的。地圖上的街道名稱是正式地址,但與當地人所稱呼的地名會有些不同。這就是為何有時在地圖app上會找不到方向。導航時,確認大型建築物或目的地附近有名的地標會比較容易找到路。你可以向人詢問 그 근처에 큰 빌딩 뭐가 있어요? (那附近有什麼大型建築物嗎?)

韓國人如何展現禮節與親近的表現

韓國人會根據年紀與位階來判斷身分地位。他們也會根據身分地位來展現不同的禮節程度。因此，在與年紀較大或位階較高的人相處時，韓國人會鞠躬打招呼、使用雙手握手或用雙手傳遞東西。儘管握手是比較偏向西方的打招呼方式，但在握手的時候，會以左手輔助右手握對方的手。在與年紀較大的人喝酒時，韓國人經常會轉向側面，避免直接向長者表現出喝酒的姿勢以示尊敬。

然而，只是敬禮或使用雙手握手不足以表達對一個人的敬意。我們都知道，與別人談話時，眼神交會是很重要的；但對韓國人來說，與長者對視會是一個負擔。在韓國，聽長者說話或是被訓斥時，抬頭直視長者的眼睛會被視為一件很不尊重的事情。相反地，在聆聽的時候頭微低反而會被視為一個有禮貌的行為。有些受西方觀念影響較深的人會覺得，談話時沒有看著對方眼睛是不禮貌的，但韓國人卻認為避免與長者眼神對視是比較有禮貌的。有時候文化不同可能會造成一些小誤會。

有些韓國長者會拍街上遇到的陌生小孩子頭或臉頰，這也是他們展現親切的方式之一。有些人甚至會給不認識的小孩子糖果或巧克力，韓國人認為這是對小孩親切友好的舉動。

韓國人重視對同齡人展現友好關係，如同對長輩展現尊敬的禮儀。像是在韓國街頭，會經常看到年輕高中女生、大學女生手牽手走在一起，或手挽著手一起走。對韓國男生來說，手搭著肩一起走是很平常的事情。對韓國人來說，同性之間的身體接觸並不代表一個人的性取向。這只是她們展現友好的方式。雖然在程度上因人而異，但一般來說，韓國人比其他國家的人在人際關係上更緊密。

第2章

為在韓國生活做準備

場景05 在出入境管理局辦公室

場景06 在房地產公司

場景07 在手機店

場景08 在餐廳

마크 로빈슨(미국)
馬克・羅賓森（美國人）

第2章

為在韓國生活做準備

在出入境管理局辦公室

申請外國人登錄證

외국인 등록증을
신청하고 싶어요.

我想申請外國人登錄證。

馬克　出入境管理局職員

067_N.mp3

마크	외국인 등록증을 신청하고 싶어요.

| 직원 | 신청서를 주세요. |

| 마크 | 여기 있어요. |

| 직원 | 여권하고 사진 주세요. |

| 마크 | 여기요. 외국인 등록증이 언제 나와요? |

| 직원 | 2주 후에 나와요. |

| 마크 | 우편으로 받고 싶어요. |

| 직원 | 알겠습니다. 여기에 주소를 써 주세요. |

馬克	我想申請外國人登錄證。
職員	請填申請書。
馬克	這裡。
職員	請給我護照跟大頭照。
馬克	這裡。請問外國人登錄證什麼時候會辦好？
職員	需要兩週的工作時間。
馬克	我想用郵寄的。
職員	好的，請在這邊填寫您的地址。

▶ 新單字

외국인 外國人
등록증 登錄證
신청하다 申請
신청서 申請書
여기 這裡、這邊
여권 護照
하고 和
사진 照片、大頭照
주다 給
언제 什麼時候
나오다 出來
주 週
후 後
우편 郵寄
받다 收到、領取
주소 地址
쓰다 寫

▶ 新表現

…을/를 주세요. 請給我…。
여기 있어요. 在這裡、這裡。
여기요. 在這裡、這裡。

▶ 重點解析

① **助詞 하고**
添加多個名詞

助詞 하고 寫在名詞後面，用來表示前述名詞加上之後的名詞。不管前述名詞是母音或子音結尾，皆能連接 하고。除了 하고，還可以使用 와／과 或是（이）랑。와／과 主要使用於正式場合或書面語；（이）랑 主要用於口語。助詞 하고 能同時用於正式場合跟口語。

(Ex.) 사과하고 포도를 먹어요.(= 사과와 포도, 사과랑 포도) 我吃蘋果與葡萄。

(Ex.) 책하고 가방을 샀어요.(= 책과 가방, 책이랑 가방) 我買了書跟包包。

② **助詞（으）로**
用來表示完成某件事情的手段

助詞（으）로 用來表達手段或方法。如果前面名詞是母音或子音 ㄹ 結尾，與 로 連結；如果前面名詞是子音結尾，與 으로 連結。

(Ex.) 매일 버스로 집에 가요.
我每天搭公車回家。

(Ex.) 청구서는 이메일로 보내 주세요.
請款單請用電子郵件寄給我。

(Ex.) 검은색 펜으로 이름을 써요.
請用黑色筆寫名字。

小叮嚀

• **根據現況表達時間**

我們來複習一下根據現況表達特定時間點的表達方式。請注意日、週與年是使用漢字數字（일、이、삼）；月是以固有數字（하나、둘、셋）表達。

		현재		
그저께 前天	어제 昨天	오늘 現在	내일 明天	모레 後天
지지난 주 上上週	지난주 上週	이번 주 今天	다음 주 下週	다다음 주 下下週
지지난달 上上個月	지난달 上個月	이번 달 這個月	다음 달 下個月	다다음 달 下下個月
재작년 前年	작년 去年	올해 今年	내년 明年	후년 後年

文法焦點

文法表 **p.268**

–고 싶다 想要

- 고 싶다 用來表達想要做某事的欲望。使用此文法時，不論動詞語幹是母音或子音結尾，只要在動詞語幹後添加 - 고 싶다 即可。當句子是陳述句時，- 고 싶다 句子的主語只可使用第一人稱；當句子是疑問句時，- 고 싶다 句子的主語只可使用第二人稱。但值得注意的是，韓國人在口語經常省略第一人稱主語 저는。

하다	한국어를 잘하고 싶어요. 我想說一口流利的韓語。

마시다　커피를 마시고 싶어요. 我想喝咖啡。

먹다　한국 음식을 먹고 싶어요. 我想吃韓國料理。

보다　재미있는 한국 영화를 보고 싶어요. 我想看有趣的韓國電影。

살다　A 어디에서 살고 싶어요? 你想住在哪裡？

　　　B 서울에서 살고 싶어요. 我想住在首爾。

表達話者過去的渴望時，要把表過去時制的 - 았／었 - 與 싶다 結合在一起，為 - 고 싶었다。

받다　생일 때 선물로 화장품을 받고 싶었어요.
我生日的時候想收到化妝品作為生日禮物。

지난달에 제주도에 여행 가고 싶었어요. 그런데 시간이 없었어요. 我本來上個月想去濟州島旅行，可是沒時間。

ⓘ 注意

在陳述句中，- 고 싶다 無法與第三人稱主語一起使用，但能夠與 - 고 싶어하다 一起使用。

Ex 마크 씨가 한국어를 잘하고 싶어요. (X)
　　마크 씨가 한국어를 잘하고 싶어 해요. (O) 馬克想要流利地說韓語。

練習題

1~3 看圖並使用 -고 싶다 完成以下句子。

Ex. 좀 추워요. 커피를 <u>마시고 싶어요</u> .

1. 배가 고파요.
　　 샌드위치를 ＿＿＿＿＿＿＿ .

2. 다음 주에 휴가가 시작해요.
　　 휴가 때 제주도에 ＿＿＿＿＿＿ .

3. 이번 주말에 시간이 있어요.
　　 친구하고 영화를 ＿＿＿＿＿＿ .

4~8 請將問題與回答連起來，用 - 고 싶다 完成句子。

Ex. 언제 여행 가고 싶어요?　•

4. 누구를 만나고 싶어요?　•

5. 뭐 먹고 싶어요?　•

6. 무슨 운동을 배우고 싶어요?　•

7. 어디에서 일하고 싶어요?　•

8. 누구하고 영화를 보고 싶어요?　•

•ㄱ 불고기를 ＿＿＿＿＿＿＿＿ .

•ㄴ 친구하고 영화를 ＿＿＿＿＿＿ .

•ㄷ 부모님을 ＿＿＿＿＿＿＿ .

•ㄹ 은행에서 ＿＿＿＿＿＿＿ .

•ㅁ 여름에 <u>여행 가고 싶어요</u> .

•ㅂ 태권도를 ＿＿＿＿＿＿＿ .

解答 p.276~277 ⇨

文法練習

068.mp3

-고 싶은데요 通過陳述訪問目的來進行交談。

비자를 바꾸고 싶은데요. 　　　　我想換簽證。

비자를 연장하고 싶은데요. 　　　我想延長簽證。

외국인 등록증을 신청하고 싶은데요. 我想申請外國人登錄證。

비자를 신청하고 싶은데요. 　　　我想申請簽證。

-고 싶어요 回答對方你來訪的目的。

무엇을 도와드릴까요? 　　　　請問需要什麼幫忙?

➡ 예약하고 싶어요. 　　　　　➡ 我想預約。

➡ 예약을 취소하고 싶어요. 　　➡ 我想取消預約。

➡ 예약을 목요일로 바꾸고 싶어요. ➡ 我想把預約時間改成星期四。

➡ 예약을 다음 주로 연기하고 싶어요. ➡ 我想把預約延到下週。

▶ 補充單字

● 文件相關詞彙

성 姓
이름 名字
성별 性別
생년월일 出生年月日
주소 地址
국적 國籍

會話練習

069.mp3

名詞＋주세요 要求某事、某物。

여권 주세요.	請給我護照。
신분증 주세요.	請給我身分證。
사진 주세요.	請給我大頭照。
증명서 주세요.	請給我證明文件。

-(으)러 왔어요 談論這次來訪的具體目的。

왜 한국에 오셨어요？　　　　　您為什麼來韓國？

➥ 일하러 왔어요.　　　　　➡ 我來工作。

➥ 여행하러 왔어요.　　　　➡ 我來旅行。

➥ 가족을 만나러 왔어요.　　➡ 我來見我的家人。

➥ 한국어를 공부하러 왔어요.　➡ 我來學韓語。

發音小訣竅

070.mp3

등록증 [등녹쯩]

當終聲子音 ㅇ 或 ㅁ 連接的下一個音節，其初聲子音為 ㄹ 時，ㄹ 鼻音化發〔ㄴ〕的音。如上述例子，因為 등 的終聲子音是 ㅇ，連接初聲子音為 ㄹ 的 록。此時 ㄹ 鼻音化發〔ㄴ〕的音，등록 讀作〔등녹〕。而終聲子音 ㄱ、ㄷ、ㅂ 後面接初聲子音 ㄱ、ㄷ、ㅂ、ㅅ、ㅈ 時，ㄱ、ㄷ、ㅂ、ㅅ、ㅈ 會硬音化讀作〔ㄲ、ㄸ、ㅃ、ㅆ、ㅉ〕，因此 등록증 的讀音為〔등녹쯩〕。

> **Coffee Break**
>
> **拜訪出入境管理局前要知道的實用單字**
>
> 對不熟悉韓國的外國人來說，獨自去出入境管理局申辦文件是不容易的。如果沒有認識的韓國朋友可以幫忙，去之前先熟悉相關單字可能會有所幫助。常見的例子有 신청（申請）、연장（延長）、변경（變更）簽證，或 신청（申請）、재발급（補發）外國人登錄證。

韓國民俗禁忌

韓國的老舊建築，四樓的電梯按鈕是以F取代。早期蓋的公寓在403號房之後會接著405號房，沒有404號房。這是因為韓語漢字數字的4跟表達死亡的死是同音同字，大家會忌諱這件事。儘管這個說法有點迷信，而近年來新蓋的建築物也會直接標記4樓或404號房，但韓國人依然習慣避開4這個數字，因為那會讓他們聯想到死亡。

　　韓國人也不會用紅筆寫名字。有時外國人會用紅筆寫自己的名字或別人的名字。大部分的韓國人見狀都會嚇到，並建議他們用其他顏色的筆書寫。因為在韓國，只有死者的名字才會用紅筆寫。深受儒家文化影響，韓國人極重視「禮」，對他們來說，用紅筆寫活人的名字是非常無禮的。

　　除此之外，在韓國用餐時禁止把湯匙或筷子插在飯上，這是非常沒有禮貌的行為，只有祭祖的時候才會這麼做，表示提供鬼魂食物。如果你有機會跟韓國人一起吃飯，就能發現沒人會把湯匙或筷子插在飯上，甚至用餐時湯匙的擺放都必須凹面朝上，這一切都跟祭祀的忌諱有關。

　　如果你有機會學習韓國傳統的問候方式 절，請記住鞠躬的次數很重要。即使到現在，韓國人仍會鞠躬表達誠心問候。例如，當男子拜訪新娘的父母取得結婚許可，男子通常會向新娘的父母鞠躬致意。但這個時候，你只能向活人鞠躬一次。因為韓國人只對死者鞠躬兩次。所以正常來講，你只會在韓國人舉行葬禮、祭祖或祭祀時才會看到他們向死者鞠躬兩次。

　　還有，韓國人不喜歡坐椅子抖腳的人。以前在古代，大人會警告抖腳的小孩：「你如果抖腳的話會變窮。」在韓國跟年紀大的長輩見面時，應避免抖腳。如果受邀到韓國人家裡做客，請注意不要踩到門檻。韓國人相信，如果踩到門檻好運會「跑走」。此外，韓國還有一些民俗禁忌，像是不要在晚上剪指甲、不可以在晚上吹口哨、不可以頭面向北邊睡覺等。

在房地產公司
找房子

지금 이 집을 볼 수 있어요?

現在可以看這間房子嗎？

馬克　　房仲業務

071_N.mp3

마크	부동산 앱에서 집을 봤어요.
중개인	그래요? 저한테 보여 주세요.
마크	*(出示手機)* 이 집이에요. 지금 이 집을 볼 수 있어요?
중개인	네, 볼 수 있어요.
마크	언제 이사할 수 있어요?
중개인	계약하면 바로 이사할 수 있어요.
마크	그럼, 지금 집을 보고 싶어요.
중개인	알겠어요. 지금 갑시다.

馬克	我在不動產APP上看到一間房子。
仲介	是嗎？請讓我看一下。
馬克	（出示手機）這間。現在可以看這間房嗎？
仲介	是的，現在可以看。
馬克	什麼時候可以搬過去？
仲介	簽約的話馬上就可以搬了。
馬克	那麼，我現在想看這間房子。
仲介	好，我們現在去吧。

부동산 不動產

앱 APP

집 房子、屋子

보다 看

저 那

한테 給…、對…

보여 주다 展現

지금 現在

이사하다 搬家

계약하다 簽約

바로 立刻、馬上

그럼 那麼

▶ 新表現

그래요? 是嗎?

저한테 보여 주세요. 請給我看一下。

이 집이에요. 是這間房子。

지금 집을 보고 싶어요.
我想現在看房子。

지금 갑시다. 我們現在去吧。

▶ 重點解析

❶ 助詞 한테
指某一目標或關係

助詞 한테 會跟動詞一起使用，像是 주다、보내다，表示給或寄東西給某人。與助詞 한테 有相同意思的有 에게。助詞 한테 主要使用在口語及非正式場合；而 에게 主要用於書面語及正式場合。

Ex. 제가 친구한테 문자를 보내요.
我發文字訊息給朋友。

Ex. 어머니가 이웃한테 도움을 주고 있어요.
媽媽正在幫鄰居。

❷ –(으)ㅂ시다
表達要做某件事情

–(으)ㅂ시다 是指正式建議做某件事，通常被用在討論某事，且最終得到關於如何做某事的結論時。在討論的尾聲最好可以用 –(으)ㅂ시다來結尾，因為這個語尾能給人提出結論或要求的感覺。–(으)ㅂ시다 與動詞搭配使用。如果動詞以母音結尾，用 –ㅂ시다；如果動詞以子音結尾，用 –읍시다。

Ex. 밥 먹으러 갑시다. 一起去吃飯吧。

小叮嚀

• 房屋平面設計圖

화장실 洗手間

거실 客廳

다용도실 多功能室

현관 玄關

부엌 (주방) 廚房

욕실 浴室

방 (침실) 寢室

文法焦點

文法表 p.268

–(으)ㄹ 수 있다 能夠、可以、會

하다	폴 씨는 중국어를 할 수 있어요. 保羅會講中文。
읽다	저는 한자를 읽을 수 있어요. 我看得懂漢字。
받다	30분 후에 전화를 받을 수 있어요. 我半小時後可以接電話。
★만들다	저는 한국 음식을 만들 수 있어요. 我會做韓國料理。
★덥다	오늘 이 옷이 더울 수 있어요. 今天穿這件衣服可能會太熱。

使用 - (으) ㄹ 수 없다 是表示某種不可能的情況或無法做某件事情。

치다	새라 씨는 피아노를 칠 수 없어요. (= 못 쳐요) 莎拉不會彈鋼琴。
먹다	A 유키코 씨는 매운 음식을 먹을 수 있어요? 雪子，妳能吃辣的食物嗎？ B 아니요, 저는 매운 음식을 먹을 수 없어요. (= 못 먹어요) 不，我吃不了辣的食物。
★듣다	시끄러워서 여기에서 음악을 들을 수 없어요. (= 못 들어요) 太吵了，我在這裡聽不到音樂。

表示過去可能做過某個動作或可能出現某種情況時，表過去的 - 았／었 與 있다 相結合，而為 - (으) ㄹ 수 있었다。

| 만나다 | 어제 저는 친구를 만날 수 없었어요.
我昨天無法跟朋友見面。 |
| 타다 | 전에 커피를 가지고 버스에 탈 수 있었어요.
以前可以帶咖啡搭公車。 |

1~5 看圖並選出正確答案。

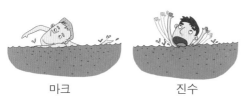

마크　　　　　진수

마크　　　　　진수

마크　　　　　진수

Ex. 마크는 수영을　☑ 할 수 있어요.
　　　　　　　　　　② 할 수 없어요.

1. 진수는 수영을　① 할 수 있어요.
　　　　　　　　　　② 할 수 없어요.

2. 마크는 생선을　① 먹을 수 있어요.
　　　　　　　　　　② 먹을 수 없어요.

3. 진수는 생선을　① 먹을 수 있어요.
　　　　　　　　　　② 먹을 수 없어요.

4. 마크는 한국 음식을　① 만들 수 있어요.
　　　　　　　　　　　② 만들 수 없어요.

5. 진수는 한국 음식을　① 만들 수 있어요.
　　　　　　　　　　　② 만들 수 없어요.

6~8 請用 - (으) ㄹ 수 있다 / - (으) ㄹ 수 없다 完成以下對話。

Ex. A 영어를 할 수 있어요?
　　　 B 네, 할 수 있어요.

7. A 이번 주말에 만날 수 있어요?
　　　 B 네, _____ .

6. A 한자를 읽을 수 있어요?
　　　 B 아니요, _____ .

8. A 혼자 한복을 입을 수 있어요?
　　　 B 아니요, _____ .

解答 p.277

文法練習

072.mp3

지금 –(으)ㄹ 수 있어요? 詢問可行與否。

지금 만날 수 있어요?	現在可以見面嗎?
지금 애기할 수 있어요?	現在可以聊聊嗎?
지금 출발할 수 있어요?	現在可以出發嗎?
지금 계약할 수 있어요?	現在可以簽約嗎?

–(으)면 바로 –(으)ㄹ 수 있어요 談論可能的條件。

준비되면 바로 출발할 수 있어요.	如果準備好就可以立刻出發。
전화하면 바로 예약할 수 있어요.	如果打電話就可以馬上預約。
신청하면 바로 시작할 수 있어요.	如果申請就可以馬上開始。
문제가 생기면 바로 취소할 수 있어요.	如果有任何問題可以立刻取消。

▶ 補充單字

• 房屋相關字彙

보증금　保證金
월세　月租
관리비　管理費
계약금　簽約金
중개인　仲介
집주인　屋主

會話練習

073.mp3

房屋描述＋집을 찾고 있어요 具體描述你要找的房子。

어떤 집을 찾고 있어요?

你在找什麼樣的房子？

➥ 새 집을 찾고 있어요.

➥ 我在找新房子。

➥ 싼 집을 찾고 있어요.

➥ 我在找便宜的房子。

➥ 조용한 집을 찾고 있어요.

➥ 我在找安靜的房子。

➥ 지하철역 근처 집을 찾고 있어요.

➥ 我在找地鐵站附近的房子。

–(으)면 좋겠어요 表達你想支付的金額。

한 달에 50만 원 정도면 좋겠어요.

希望每個月大約50萬元。

한 달에 60만 원 정도면 좋겠어요.

希望每個月大約60萬元。

보증금 1,000만 원에 월세 50만 원 정도면 좋겠어요.

希望大約保證金1000萬，然後月租50萬。

보증금 없고 월세 60만 원 정도면 좋겠어요.

希望不用保證金，然後月租大約60萬。

發音小訣竅

볼 수 있어요 [볼 쑤 이써요]

074.mp3

當初聲子音 ㄱ、ㄷ、ㅂ、ㅅ、ㅈ 連接名詞修飾語 –（으）ㄹ 時，ㄱ、ㄷ、ㅂ、ㅅ、ㅈ 會硬音化發〔ㄲ、ㄸ、ㅃ、ㅆ、ㅉ〕的音。如上述例子，볼 之後緊接수的 ㅅ，ㅅ 硬音化發〔ㅆ〕的音，因此볼 수讀作〔볼 쑤〕。此外，念 있었요 的時候，있 的終聲子音 ㅆ 會連音至第二個音節作為初聲子音，所以 있었요 應讀作〔이써요〕，볼 수 있어요 應讀作〔볼 쑤 이써요〕。

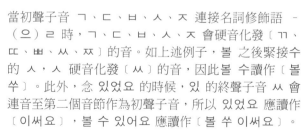

Coffee Break

在韓國付房租：
월세、전세、연세

在外面租房子通常要付2-3個月的保證金。但在韓國租屋除了 월세（月租）以外，有個特別的制度稱為 전세（傳貰、全租）。大家找房子可以根據自己的狀況看要找 월세 或 전세。此外，濟州島當地還有 연세（年租）。

韓國公寓的特色

韓國被視為「公寓共和國」，因為韓國的標誌性建築正是公寓。特別是人口稠密的城市地區，如首爾，公寓是一種最能有效利用的建築物。然而，如果你認為公寓只有普通人住，那麼你就錯了。首爾的公寓是中產階級文化中的代表性住宅，甚至是首爾的有錢人社區，也充斥著高房價的公寓。

為什麼韓國人這麼喜歡公寓？首先，公寓的優點是方便管理。因為公寓有管理室，管理室負責管理公寓裡的小型公園、遊樂場與垃圾回收分類。此外，管理室還負責許多問題，像是停車問題與可能會發生在公寓大樓中的樓層間隔音問題。

公寓也能有效防範犯罪。在公寓裡會安裝很多監視器（CCTV），這可被視為有效預防犯罪的主因。但最重要的是，公寓所有套房的外觀看起來都相同，彷彿具有匿名性。無論公寓的內部裝潢有多麼華麗，從外面看，大門及公寓窗戶皆是相同樣式，所以每個房子從外觀看起來都會是一樣的。這點很符合韓國人低調的特性。

此外，韓國人喜歡公寓的原因，是因為他們預期房價上漲的同時，還能夠享受便利的生活。公寓成為首選的原因還有公寓比透天住宅具有更好的現金流量。觀察韓國房價趨勢可以發現，公寓價格的趨勢呈現出其如何成為韓國最具代表性的房型。

然而，近年來韓國人開始在都市生活中追求公寓以外的不同房型。

在手機店

申請手機號碼

얼마 동안 돈을 내야 돼요?

我得付多久的錢？

馬克　　手機店店員

075_N.mp3

직원	어서 오세요.
마크	핸드폰을 보고 싶어요.
직원	여기 핸드폰이 많이 있어요. 천천히 보세요.
마크	이거 얼마예요?
직원	잠시만요, 핸드폰 가격하고 요금이 한 달에 6만 원이에요.
마크	얼마 동안 돈을 내야 돼요?
직원	2년 동안 돈을 내야 돼요.
마크	그래요? 이거 좀 볼 수 있어요?
직원	그럼요.

店員	歡迎光臨。
馬克	我想看手機。
店員	這裡有很多手機，請慢慢看。
馬克	這支多少錢？
店員	稍等一下，機子加月租費一個月是6萬元。
馬克	請問要繳多久？
店員	必須繳兩年。
馬克	是喔？我可以看一下這支手機嗎？
店員	當然可以。

▶ 新單字

핸드폰　手機
많이　很多
천천히　慢慢地
이거　這個
얼마　多少、多久
가격　價格
요금　費用
달　月
얼마 동안　多久
돈　錢
돈을 내다　付款、繳錢
년　年

▶ 新表現

어서 오세요.　歡迎光臨。
천천히 보세요.　請慢慢看。
이거 얼마예요?　這個多少錢？
잠시만요.　稍等一下。
한 달에 6만 원이에요.　一個月6萬元。
이거 좀 볼 수 있어요?
我可以看一下這支手機嗎？
그럼요.　當然可以。

▶ 重點解析

① 이거
指一個主語或物體

이거 在口語中與 이것 的意思相同。口語表達中，經常省略主格助詞 이／가 與受格助詞 을／를，所以 이거 在對話中皆能指一個主語及一個物體。在下面對話中，第一個 이거 被用來作為主語，與 이것이 同義；第二個 이거 被用來表示物體，與 이것을 同義。

(Ex.) 이거 맛있어요. (= 이것이)
　　　這個很好吃。
(Ex.) 어제 저는 이거 샀어요. (= 이것을)
　　　昨天我買了這個。

② 助詞에
指一個有限的範圍

助詞 에 不只可以接在地點後面當作地方助詞，還可接在時間後面當作時間助詞，表時間的範圍或幅度。本課對話中，에 接在 한 달 後面，表達範圍是一個月。跟中文一樣，描述時先點出一個有限的範圍，然後接數字頻率或價格。譬如半年回診一次、三個月洗一次牙、○○半斤50塊。

(Ex.) 하루에 2번 커피를 마셔요.
　　　我一天喝兩杯咖啡。
(Ex.) 사과 8개에 만 원이에요.　8個蘋果一萬元。

小叮嚀

• 表達價格
表達韓圜時應使用漢字數字。

$$2\ 3\quad 8\ ,\ 4\quad 5\quad 0\quad 원$$

이십　삼만｜팔천　사백　오십

┈┈┈┈┈ 十
┈┈┈┈┈ 百
┈┈┈┈┈ 千
┈┈┈┈┈ 萬

▶韓國人計算價格的時候不是以千為單位，而是以萬為單位。

然而，當金額以1為開頭時，1不發音，直接讀百、千、萬。

(Ex.)　160원　백 육십 원 (일백 육십 원 X)　15,000원 만 오천 원 (일만 오천 원 X)
　　　1,800원　천 팔백 원 (일천 팔백 원 X)　▶特例　100,000,000원　일억 원

文法焦點

文法表 p.268~269

–아 / 어야 되다 必須、應該

　　– 아／어야 되다 用於必須具備某個條件或先結條件，搭配動詞與形容詞一起使用。動詞 하다（如 일하다、공부하다）或形容詞 하다（如 유명하다、피곤하다）接 – 아／어야 되다 而為 해야 되다。語幹以母音 ㅏ、ㅗ 結尾時，接 –아야 되다；其他語幹接 – 어야 되다。– 아／어야 되다 可與 – 아／어야 하다 交替使用，意思沒有任何改變。

공부하다　학생이 열심히 공부해야 돼요. 學生必須努力念書。

친절하다　직원이 손님에게 친절해야 돼요. 員工對待顧客必須親切有禮。

기다리다　얼마나 기다려야 돼요? 請問得等多久？

오다　직원은 10시까지 와야 돼요. 員工必須十點前到。

먹다　아이들은 과일을 많이 먹어야 돼요. 孩子們必須多吃水果。

좋다　이번 일요일에 날씨가 좋아야 돼요.
這個星期天天氣必須是好天氣才行。

★크다　농구 선수가 되려면 키가 커야 돼요.
若想當籃球選手，個子必須要高。

★부르다　한 사람씩 노래를 불러야 돼요. 每個人都得唱歌。

　　– 아／어야 되다 的 되다 有被動之意，相比之下會比 – 아／어야 하다 再委婉一些。– 아／어야 되다主要用在非正式場合或口語中；– 아／어야 하다 主要用在正式場合或書面語。

마시다　물을 많이 마셔야 돼요. 必須多喝水。

하다　운전할 때에는 운전에 집중해야 합니다.
開車時必須集中精神駕駛。

> **注意！**
> 當有某件事可以不被完成時，在語幹添加 – 지 않아도 되다。
> Ex 여러 가지 신경 쓰지 않아도 돼요.　　Ex 배부르면 끝까지 다 먹지 않아도 돼요.
> 　　你不需要去注意所有事情。　　　　　　如果飽了，可以不用全部吃完。

練習題

1~4 請選出正確選項以完成句子。

Ex. 많이 아파요. 그러면 ① 공원에 가야 돼요.
　　　　　　　　　　　　☑ 병원에 가야 돼요.

1. 배가 고파요. 그러면 ① 음식을 먹어야 돼요.
　　　　　　　　　　　　② 음식을 안 먹어야 돼요.

2. 한국어를 잘하고 싶어요. 그러면 ① 한국어를 공부해야 돼요.
　　　　　　　　　　　　　　　　② 일본어를 공부해야 돼요.

3. 극장에서 영화를 보고 싶어요. 그러면 ① 돈을 사야 돼요.
　　　　　　　　　　　　　　　　　② 표를 사야 돼요.

4. 아이들이 자요. 그러면 ① 조용해야 돼요.
　　　　　　　　　　　② 시끄러워야 돼요.

5~7 請使用 -아/어야 되다 完成下列句子。

몸이 안 좋아요.
어떻게 해야
해요?

Ex. 먼저, 매일 30분씩 <u>운동해야 돼요</u> .
　　　　　　　　　　　　（운동하다）

5. 그리고 채소를 많이 ＿＿＿＿＿＿＿＿＿.
　　　　　　　　　　　　（먹다）

6. 또 물을 많이 ＿＿＿＿＿＿＿＿＿.
　　　　　　　　　　（마시다）

7. 마지막으로, 스트레스가 ＿＿＿＿＿＿＿＿＿.
　　　　　　　　　　　　　（없다）

解答 p.277

文法練習

076.mp3

얼마 동안 -아/어야 돼요? 詢問需要多少時間。

얼마 동안 기다려야 돼요?	請問必須等多久?
얼마 동안 돈을 내야 돼요?	請問必須繳多久的錢?
얼마 동안 병원에 다녀야 돼요?	請問得跑多久的醫院?
얼마 동안 아르바이트해야 돼요?	請問得打多久的工?

-까지 -아/어야 돼요 談論條件。

오늘까지 신청해야 돼요.	今天之前必須申請。
내일까지 가입해야 돼요.	明天之前必須加入。
다음 주까지 준비해야 돼요.	下周之前必須準備好。
이번 달까지 기다려야 돼요.	必須等到這個月月底。

▶ 補充單字

• 手機相關字彙
전원을 켜다　開啟電源
전원을 끄다　關閉電源
충전하다　充電
비밀번호　密碼
문자 메시지　簡訊
음성 메시지　語音訊息

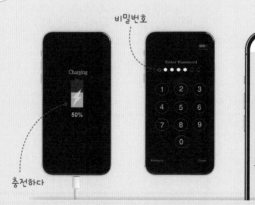

會話練習

077.mp3

-아/어 봐도 돼요? 向工作人員徵得許可。

이거 만져 봐도 돼요?	這個可以摸摸看嗎?
이거 먹어 봐도 돼요?	這個可以試吃嗎?
이거 입어 봐도 돼요?	這件可以試穿嗎?
이거 신어 봐도 돼요?	這雙可以試穿嗎?

-(으)ㄴ/는 게 뭐예요? 向工作人員詢問。

요즘 인기가 많은 게 뭐예요?	最近受歡迎的是什麼?
요즘 평이 좋은 게 뭐예요?	最近評價好的是什麼?
요즘 많이 팔리는 게 뭐예요?	最近熱銷的是什麼?
요즘 많이 세일하는 게 뭐예요?	最近折扣最多的是什麼?

發音小訣竅

육만 원 [융마 뉜]

078.mp3

當終聲子音 ㄱ、ㄷ、ㅂ 接下一個音節的初聲子音 ㄴ、ㅁ時，ㄱ 鼻音化發〔ㅇ〕的音、ㄷ 鼻音化發〔ㄴ〕的音、ㅂ 鼻音化發〔ㅁ〕的音。範例中，만 後面接母音開頭的 원，此時만的終聲子音會連音至下一個音節發初聲子音的音，讀作〔마 뉜〕。因此 육만 원 應讀作〔융마 뉜〕。

Coffee Break

另一種說電話號碼的方法

在說電話號碼時，應使用漢字數字。然而，即便是對韓國人自己，1（일）與2（이）依然聽起來很相似。為了區分這兩個數字，1通常會被讀為 하나（固有數字），而2會被讀為 이（漢字數字）。例如，讀數字3123，會讀成삼 하나 이 삼。當電話號碼中有許多零，譬如5000或7000，就會被讀作 오천 번 或 칠천 번。

韓國貨幣上的圖像

　　「韓幣」是南韓的官方貨幣。現今韓國使用的紙鈔1000韓圜、5000韓圜、10000韓圜是在1980年代設計的；50000韓圜是在2000年代添加的。比較特別的是，紙鈔上的四個人物都來自朝鮮王朝。近年來，因為信用卡與手機支付，現金使用明顯減少。但您仍可透過觀看該國紙幣來了解一個國家的價值。

　　首先，1000韓圜紙幣上出現的人物是退溪先生李滉（퇴계 이황1501-1570年），他是朝鮮中期的儒家代表性人物。在退溪先生李滉旁的是他喜歡的梅花（象徵著學術精神），而且他在成均館明倫堂（國際學生學校）學習並培育後代學者。退溪先生李滉被人認為是新儒家思想的大師，且認為努力學習是很重要的事情。並把這種思想套用在紙幣上。

　　接下來，出現在5000韓圜紙鈔上出現的人是栗谷先生李珥（율곡 이이1536-1584年），他是朝鮮王朝中期的另一個代表性的儒家學者。栗谷先生李珥和退溪先生李滉被認為是朝鮮王朝最傑出的儒家學者。然而，跟退溪先生李滉不同，栗谷先生李珥把重心全放在社會改革。他專注於腳踏實地的生活並強調學以致用。在栗谷先生李珥旁邊的是烏竹軒，那是他出生的地方。

　　在10000韓圜紙鈔上出現的人是朝鮮王朝第四代國王世宗大王李祹（세종대왕 이도1397-1450年）。世宗大王以發明與頒布韓文「訓民正音」而聞名，紙鈔上世宗大王身邊畫著的是《龍飛御天歌》（용비어천가，是第一本使用韓文書寫的書籍）與日月五峯圖（일월오봉도，朝鮮王權的象徵）。世宗大王祈求國泰民安百姓安居樂業，並取得許多科學成就如創製韓文、鐘錶及天文觀測儀器等。

　　最後，5萬韓圜紙鈔上出現的人是申師任堂（신사임당1504-1551年），她是朝鮮王朝的女性畫家。也是韓圜紙鈔上唯一的女性人物，還是栗谷先生李珥的母親。雖然在朝鮮王朝時期，女性被排除在社會角色之外，但申師任堂在追求學術的同時在藝術領域大放異彩。申師任堂的代表作品為「墨葡萄圖（묵포도도）」及「草蟲圖繡屏（초충도 수병）」，這些都描繪在她紙鈔圖像的旁邊。

在餐廳點餐

제가 매운 음식을 못 먹어요.

我無法吃辣。

馬克　　餐廳員工

079_N.mp3

직원	어서 오세요. 여기 앉으세요.
마크	영어 메뉴 있어요?
직원	죄송합니다. 영어 메뉴가 없어요.
마크	제가 매운 음식을 못 먹어요. 안 매운 음식이 있어요?
직원	*(指著菜單)* 이 음식이 안 매워요.
마크	이거 뭘로 만들어요?
직원	돼지고기하고 두부로 만들어요.
마크	그럼, 이거 하나 주세요.

店員	歡迎光臨，請坐這。
馬克	請問有英文菜單嗎？
店員	對不起，我們沒有英文菜單。
馬克	我無法吃辣，請問有不辣的餐點嗎？
店員	（指著菜單）這道餐點不辣。
馬克	這是用什麼做的？
店員	是用豬肉跟豆腐做的。
馬克	那麼，請給我一份這個。

▶ 新單字

앉다　坐
영어　英語、英文
메뉴　菜單
제가　我
맵다　辣
음식　食物、餐點
못　無法、不能
안　不
뭘로　用什麼
만들다　製作
돼지고기　豬肉
두부　豆腐
(으)로　表方法手段

▶ 新表現

여기 앉으세요.
請坐這裡。
죄송합니다.　對不起。
안 매운 음식이 있어요?
請問有不辣的餐點嗎？
이거 뭘로 만들어요?
這是用什麼做的？
이거 하나 주세요.　請給我一份這個。

▶ 重點解析

❶ 안 和 못
表達否定

안 是用來表達否定（無法），而 못 是用來表達無法做特定行為。안 和 못 擺放的位置是相同的。안 放在動詞或形容詞之前；못 是放在動詞之前。然而，如果是搭配動詞 하다，안 和 못 要放在名詞與 하다 之間。

Ex. 저는 게임 안 해요.
　　我不玩遊戲。
Ex. 요즘 잘 못 자요.
　　我最近睡不好。

❷ 助詞（으）로
表示組成的材料

助詞（으）로 也能夠與材料或食材一起使用。助詞（으）로 放在名詞之後，指前面的名詞是材料或食材。如果名詞以母音或子音 ㄹ 結尾，與 로 結合；如果名詞以子音結尾，用 으로。

Ex. 이 음식은 김치로 만들었어요.
　　這食物是用辛奇做成的。
Ex. 이 찌개는 생선으로 만들었어요.
　　這燉湯是用海鮮做成的。

小叮嚀

• 描述味道的形容詞

맵다	「매워요.」	매운 음식	
辣的	辣	辣的餐點	
달다	「달아요.」	단 음식	
甜的	甜	甜的食物	
짜다	「짜요.」	짠 음식	
鹹的	鹹	鹹的食物	
싱겁다	「싱거워요.」	싱거운 음식	
清淡的	好淡	清淡的食物	
기름기가 많다	「기름기가 많아요.」	기름기가 많은 음식	
油膩的	好油	油膩的食物	

文法焦點

文法表 p.269

– （으） ㄴ 名詞修飾語

　　－（으）ㄴ 是擺放在名詞之前的名詞修飾語。－（으）ㄴ 也能與形容詞語幹結合。當形容詞語幹以母音結尾，添加 －ㄴ；如果以子音結尾，添加 －은。例如，在形容一個大的包包時，形容詞 크다 去掉 다，在語幹添加 ㄴ 而為 큰 가방；在形容一個小的包包時，形容詞 작다 去掉다，在語幹添加 은 而為 작은 가방。如果形容詞是○○있다／없다（如 맛있다、 재미없다），則是形容詞去 다添加 －는（如 맛있는、재미없는）。

크다 → 크+-ㄴ	큰 가방이 비싸요. 大包包很貴。
작다 → 작+-은	어제 작은 우산을 샀어요. 昨天買了一把小的雨傘。
맛있다 → 맛있+-는	맛있는 음식을 먹고 싶어요. 我想吃好吃的食物。

　　當形容詞語幹以 ㄹ 結尾，如길다（長的）、멀다（遠的）。轉為冠形詞形時，ㄹ 脫落並添加 －ㄴ，形成긴、먼。

| ★길다 → 기+ㄹ+-ㄴ | 긴 머리가 불편해요. 長髮不方便。 |

　　當形容詞語幹以 ㅂ 結尾，如 맵다（辣的）、춥다（遠的）。轉為冠形詞形時，ㅂ 會變成 우 並添加 －ㄴ，形成 매운、추운。

| ★맵다 → 매+우+-ㄴ | 매운 음식을 잘 못 먹어요.
我不太能吃辣的餐點。 |
| ★춥다 → 추+우+-ㄴ | 추운 날씨 때문에 감기에 걸렸어요.
因為天氣冷，所以感冒了。 |

1~4 看圖並選出正確答案。

1.
① 큰 가방   ② 작은 가방

2.
① 긴 머리   ② 짧은 머리

3.
① 맛있는 음식 ② 맛없는 음식

4.
① 더운 날씨   ② 추운 날씨

5~7 請使用 -（으）ㄴ 完成以下對話。

Ex. A 어떤 음악을 좋아해요?

B __조용한__ 음악을 좋아해요.
　　(조용하다)

5. A 왜 옷을 안 사요?

B 지금 돈이 없어서 _____ 옷을 살 수 없어요.
　　　　　　　　　　　(비싸다)

6. A 어떤 영화를 보고 싶어요?

B _____ 영화를 보고 싶어요.
　　(재미있다)

7. A 한국 음식이 어때요?

B 맛있어요. 저는 _____ 음식을 좋아해요.
　　　　　　　　　(맵다)

解答 p.277

文法練習

080.mp3

-(으)ㄴ 것을 별로 안 좋아해요 談論你不喜歡的事。

매운 것을 별로 안 좋아해요.　　　　我不喜歡會辣的餐點。

뜨거운 것을 별로 안 좋아해요.　　　我不喜歡燙的餐點。

불편한 것을 별로 안 좋아해요.　　　我不喜歡會令人不舒服的東西。

시끄러운 것을 별로 안 좋아해요.　　我不喜歡吵吵鬧鬧的。

-(으)ㄴ 것 있어요? 詢問員工。

같은 것 있어요?　　　　　　請問有相同的商品嗎？

다른 것 있어요?　　　　　　請問有其他款式嗎？

안 매운 것 있어요?　　　　請問有不辣的餐點嗎？

안 비싼 것 있어요?　　　　請問有便宜的商品嗎？

▶ 補充單字

• 餐點相關字彙

밥　米飯

국　湯（湯多料少）

찌개　湯（湯少料多）

반찬　小菜

숟가락　湯匙

젓가락　筷子

개인 접시 (= 앞접시)　小碟子

會話練習

081.mp3

이 집에서 뭐가 제일 …? 　詢問一些比較具體的事情。

이 집에서 뭐가 제일 매워요? 　　　　這家店裡哪道餐點最辣？

이 집에서 뭐가 제일 비싸요? 　　　　這家店裡哪道餐點最貴？

이 집에서 뭐가 제일 맛있어요? 　　　這家店裡哪道餐點最好吃？

이 집에서 뭐가 제일 인기가 많아요? 　這家店裡哪道餐點最受歡迎？

名詞＋빼고 주세요 　要求刪除某些內容。

버섯 빼고 주세요. 　　　　　　　　　請不要放菇類。

오이 빼고 주세요. 　　　　　　　　　請不要放小黃瓜。

양파 빼고 주세요. 　　　　　　　　　請不要放洋蔥。

마늘 빼고 주세요. 　　　　　　　　　請不要放大蒜。

發音小訣竅

못 먹어요 [몬 머거요]

082.mp3

못 讀作〔몯〕。然而當終聲子音 ㄱ、ㄷ、ㅂ 後面接初聲子音 ㄴ、ㅁ 時，終聲子音會鼻音化發〔ㅇ、ㄴ、ㅁ〕的音。上述例子中，못〔몯〕的終聲子音「ㄷ」面接 먹 的初聲子音「ㅁ」時，못〔몯〕讀作〔몬〕。當먹的終聲子音 ㄱ 後面接以母音開頭的音節時，終聲子音會連音至下一個音節初聲子音的位置，所以 먹어요 讀作〔머거요〕。못 먹어요 讀作〔몬 머거요〕。

例 못 마셔요 [몬 마셔요] 못 만나요 [몬 만나요]

Coffee Break

計算食物數量

計算食物數量時，使用適當的量詞是很重要的，如 한 개、두 개。然而在現實生活中，我們可以省略量詞只使用固有數字。譬如你想點一個拌飯，你可以說비빔밥 하나 주세요。不過在點排骨或烤肉等肉類餐點時，會把量詞 인분 與漢字數字搭配使用，表示幾人份。譬如 갈비 2 (이) 인분 주세요. （請給我兩人份的排骨）。

韓國飲食文化：獨食、共食

韓國人很少在學校或工作的午餐時間獨自出去用餐，餐廳裡會有很多人結伴用餐。如果自己一個人吃飯，可能會覺得尷尬。韓國的飲食文化不僅只是為了吃飯，更是為了結交朋友。當然，在世界任何一個地方一起吃飯，意味著你可以花更多時間與其他人相處；但在韓國，吃飯是一種建立社交的行為。它能加強日常的人際關係。因此有很多人會在午餐時間，與工作或學校團體的人一起外出用餐、聚會。

當然，由於近年來單身家庭增加，혼식（獨食）的人也不少。餐廳為獨自用餐的人在餐桌上安裝隔板，使他們不用擔心旁人眼光安心用餐的情形也很常見。但諷刺的是，安裝隔板也顯示出韓國人不喜歡獨自吃飯的心態。

當你去韓國餐廳時，會發現一些關於韓國飲食文化的有趣現象。首先，韓國的餐廳都會免費提供小菜。傳統上韓國料理是由米飯和湯組成，配菜圍繞著主菜，像是燉菜、肉湯。事實上多數韓國餐廳的菜單都只會列出主菜。還有很特別的一點是，用餐時如果小菜吃完了，還可以跟店家續小菜，大部分的餐廳小菜都是可以免費續的。

此外，韓國餐廳的菜單上，烤肉、排骨、五花肉或火鍋的鍋類通常是按照人份出售，這樣就能與其他人一起分享，而不是自己一個人吃。而許多情況下，餐廳菜單上的食物份量不是單份，而是寫為 대（大）、중（中）、소（小）。如果你不熟悉韓國料理，建議在韓國餐廳點餐時，注意一下餐點有幾人份。

第**3**章
與朋友共度在韓國的生活

場景09　打電話

場景10　改變約會地點

場景11　購買電影票

場景12　在咖啡廳

샘 브라운 (영국)

山姆‧布朗（英國人）

第3章

與朋友共度在韓國的生活

用電話預約

우리 같이 영화 볼까요?

要不要一起看電影？

山姆　　幼珍

083_N.mp3

샘	여보세요. 유진 씨, 저 샘이에요.
유진	안녕하세요.
샘	내일 시간 있어요?
유진	네, 있어요. 왜요?
샘	우리 같이 영화 볼까요?
유진	좋아요. 같이 영화 봐요! 몇 시요?
샘	3시쯤 어때요?
유진	그래요. 그럼 내일 봐요.
샘	내일 만나요.

山姆	喂？幼珍，我是山姆。
幼珍	你好。
山姆	你明天有空嗎？
幼珍	有，我有空。怎麼了嗎？
山姆	要不要一起看電影？
幼珍	好啊，一起看電影吧！幾點呢？
山姆	大約三點如何？
幼珍	好，那明天見。
山姆	明天見。

▶ **新單字**

씨　先生、小姐
내일　明天
시간　時間
왜　為什麼、怎麼了？
우리　我們
같이　一起
영화　電影
좋다　好
몇 시　幾點
쯤　大約
만나다　見面、碰面
여보세요.　喂？

▶ **新表現**

좋아요.　好啊。
3시쯤 어때요?　大約三點如何？
그래요.　好。
내일 봐요.　明天見。
내일 만나요.　明天見。

▶ **重點解析**

① **저 (이름) 예요 / 이에요**
透過電話表達自己的身分

當與某人親自碰面，要介紹自己的時候會說저는 (이름) 예요 / 이에요。然而打電話時，打電話的人要表明自己的身分不會說저는，而是會省略는，只說저然後就接自己的名字。

Ex. A 여보세요. 喂？
　　 B 안녕하세요. 저 민수예요. 您好。我是敏秀。

② **우리 같이 -아/어요! 和 어때요?**
建議一起做某事情

우리 같이經常被使用在日常生活中。例如，當韓國人建議一起吃飯時，他們會說우리 같이 밥 먹어요.（我們一起吃飯吧）。或是你可以問他人어때요？（…如何？）。當建議的東西是名詞時，在名詞後面添加어때요？當建議的東西是動詞時，添加-는 게 어때요？於動詞語幹之後。

Ex. A 우리 같이 점심 먹어요! 我們一起吃午餐吧!
　　 B 그래요. 비빔밥 어때요? 好啊。吃拌飯如何？
Ex. A 좋아요. 우리 집에서 먹는 게 어때요?
　　　 好啊。我們在家吃飯如何？
　　 B 네, 좋아요. 嗯，好啊。

小叮嚀

• **時間的讀法**
用韓文讀時間時，小時要用固有數字念，分鐘要用漢字數字念。

3시	10분
세	십
固有數字	漢字數字

2시
두

6시
여섯

10시
열

1시 10분
한　십

4시 45분
네 사십오

7시 30분
일곱 삼십
=반（半小時）

文法焦點

文法表 p.269

– (으) ㄹ까요 要不要（一起）…？

－ (으) ㄹ까요與動詞搭配使用，表示提議與某人一起做某事。如果動詞語幹以母音結尾，用-ㄹ까요；如果動詞語幹以子音結尾，用-을까요。此語尾常搭配副詞같이一起使用。因為是以問句的方式提議做某事，當你說- (으) ㄹ까요時，句尾語調要微微上揚。下面我們來看幾個例子，看看如何回答這些提議。

보다	A 같이 영화 볼까요?	要不要一起看電影？
	B 좋아요. 같이 영화 봐요.	好啊，一起看電影吧。
	미안해요. 시간이 없어요.	抱歉，我沒有空。

먹다	A 같이 점심 먹을까요?	要不要一起吃午餐？
	B 좋아요. 같이 점심 먹어요.	好啊，一起吃午餐吧。
	미안해요. 다른 약속이 있어요.	抱歉，我有約了。

在提議跟協調其他替代方案的過程中，可以用- (으) ㄹ까요跟어때요表達意見。

만나다	A 몇 시에 만날까요?	我們要幾點碰面？
	B 3시 어때요?	三點如何？
	A 좋아요. 3시에 만나요.	好啊，那我們三點見。

★걷다	A 좀 걸을까요?	要不要走走？
	B 좋아요. 공원에 걸까요?	好啊，要去公園嗎？
	A 그럽시다.	走吧。

練習題

1~3 用-(으) ㄹ까요完成以下對話。

Ex. A 내일 같이 ___식사할까요___ ?
B 좋아요. 같이 식사해요.

1. A 주말에 같이 영화를 _____ ?
B 좋아요. 같이 영화를 봐요.

2. A 이따가 같이 커피를 _____ ?
B 미안해요. 오늘 일이 많아요.
그래서 같이 커피를 마실 수 없어요.

3. A 일요일에 같이 점심을 _____ ?
B 미안해요. 다른 약속이 있어요.
그래서 같이 점심을 먹을 수 없어요.

4 請將以下的句子排出正確的順序。

ㄱ 어디에서 볼까요?
ㄴ 네, 시간 괜찮아요.
ㄷ 지하철역에서 만나요.
ㄹ 좋아요. 같이 식사해요.
ㅁ 이번 주 토요일 12시에 시간 있어요?
ㅂ 네, 좋아요. 그럼, 그때 만나요.
ㅅ 그럼, 같이 식사할까요?

ㅁ → ⬚ → ⬚ → ⬚ → ⬚ → ⬚ → ⬚

解答 p.277

文法練習

084.mp3

우리 같이 -(으)ㄹ까요?　向他人提出建議。

우리 같이 산책할까요?　　　　我們要不要一起散步？

➥ 좋아요. 같이 산책해요!　　➥ 好啊，一起散步！

우리 같이 밥 먹을까요?　　　我們要不要一起吃飯？

➥ 그래요. 같이 밥 먹어요!　➥ 好啊，一起吃飯吧！

우리 같이 커피 마실까요?　　我們要不要一起喝杯咖啡？

➥ 그래요. 같이 커피 마셔요!　➥ 好啊，一起喝咖啡吧！

제가 -(으)ㄹ까요?　徵求他人意見。

제가 밥을 살까요?　　　　　　我請客？

제가 먼저 말할까요?　　　　　我先講？

제가 표를 예매할까요?　　　　我來訂票？

제가 친구들한테 연락할까요?　我來連絡朋友？

▶ 補充單字

• 預約相關字彙

날짜　日期
시간　時間
장소　場所、地點
약속하다　約定
취소하다　取消
예약하다　預約
예매하다　預訂

會話練習

085.mp3

名詞＋괜찮아요？ 徵求別人的意見。

3시 괜찮아요? 三點可以嗎？

토요일 괜찮아요? 星期六可以嗎？

한국 음식 괜찮아요? 韓國料理可以嗎？

액션 영화 괜찮아요? 動作片可以嗎？

A 말고 B은 / 는 어때요？ 向他人介紹其他事物。

3시 말고 4시는 어때요? 不要三點，四點怎麼樣？

토요일 말고 일요일은 어때요? 不要星期六，星期天怎麼樣？

한국 음식 말고 중국 음식은 어때요? 別吃韓國料理，吃中國料理怎麼樣？

액션 영화 말고 코미디 영화는 어때요? 別看動作片，看喜劇怎麼樣？

發音小訣竅

같이 [가치]

086.mp3

當終聲子音ㄷ、ㅌ後面接母音ㅣ時，ㄷ、ㅌ會口蓋音化變音為〔ㅈ、ㅊ〕並連音至下一個音節作為初聲子音發音。如上面舉的例子，같的終聲ㅌ後面接母音이，此時終聲ㅌ口蓋音化變音為〔ㅊ〕並連音至下一個音節作為初聲子音，因此같이讀做[가치]。

例 해돋이 [해도지] 밭이 [바치]

Coffee Break

確認預約

透過電話預約的時候，經常需要確認時間、地點與相關數字。這個時候，如果要重複確認某事情可以問맞아요？或是說확인할게요。（我確認一下）表達會先需要確認後再回覆聽者訊息。預約時，透過使用這些句子就能減少不必要的誤會。

韓國流行文化

韓國流行文化,例如韓國流行音樂、戲劇、電影皆受到世界各地許多人的喜愛。韓流於2000年初期在亞洲興起並蔓延到國際。

首先,韓國流行音樂已成為世界上最受歡迎的潮流。韓國代表性團體BTS甚至登上美國Billboard單曲榜第一名。更令人著迷的是,世界各地的人都用韓語演唱韓國流行歌曲。韓國流行音樂受歡迎的程度,達到即使是不懂韓語的外國人也會用韓語演唱。韓國流行音樂能夠這麼受歡迎的魅力是什麼呢?最重要的是,韓國經紀公司扮演很重要的角色並組織最好的團隊,製作了好聽的音樂、作曲以及有系統地培訓歌手。此外,可能是因為年輕男女通過經紀公司激烈的徵選後被選為練習生,並將童年奉獻給舞蹈及歌唱練習。韓國偶像歌手憑藉完美的群舞還有充滿活力的舞蹈技巧成為韓國流行音樂的標誌。粉絲可說是因為他們的熱情、堅持及追求夢想的能力而凝聚。

韓流的盛行源自韓劇與韓國電影的崛起。2000年初期,韓流的主角是韓國電視劇,其受歡迎的程度佔了Netflix亞洲排行榜前10名,約佔整體韓流文化的60 - 70%。隨著韓劇題材不斷擴大,主題多元化,韓劇擁有多樣化的粉絲群,且韓劇流行也提高了韓國演員的知名  度。近年來,以熱門網絡漫畫改編的電視劇越來越受歡迎。而韓國電影因導演直接參與劇本編輯,以自己的色彩執導作品,展現出屬於自己獨特的世界。朴贊郁導演以經典作品《原罪犯》聞名;洪秀常導演經常是坎城影展的座上賓;李滄東導演以文藝片著名;2020年奧斯卡金像獎上,奉俊昊導演的《寄生上流》榮獲最佳影片、最佳原創劇本、最佳導演、最佳國際影片等大獎。韓國電影創造出自己獨特的拍攝風格,受到許多人的喜愛。

改變約會地點

邀請一位朋友

내일 친구들하고 영화를 보려고 해요.

我明天要跟朋友們看電影。

山姆

梅

087_N.mp3

메이	여보세요.
샘	안녕하세요. 메이 씨, 지금 통화할 수 있어요?
메이	네, 괜찮아요.
샘	내일 친구들하고 영화를 보려고 해요. 같이 영화 봐요!
메이	좋아요. 그런데 무슨 영화를 볼 거예요?
샘	아직 안 정했어요.
메이	알겠어요. 내일 얘기해요!
샘	그럼, 내일 만나요. 끊을게요.

梅	喂？
山姆	你好，梅。你現在方便講電話嗎？
梅	是，可以。
山姆	我明天要跟朋友看電影，一起看電影吧！
梅	好啊，可是要看什麼電影？
山姆	還沒決定。
梅	知道了，明天再說吧！
山姆	那明天見，掛囉。

▶ 新單字

통화하다　通話、講電話
괜찮다　可以、沒關係、無妨
친구　朋友
들　們
그런데　不過、可是
무슨　什麼
정하다　決定、確定
얘기하다　說、談
끊다　掛斷、中止

▶ 新表現

지금 통화할 수 있어요?
現在方便講電話嗎？
괜찮아요.　可以。
아직 안 정했어요.　還沒決定。
내일 얘기해요!　明天再說吧！
끊을게요.　掛電話了。

▶ 重點解析

❶ 助詞 하고
表達陪伴

助詞하고表示與某人一起做某事。雖然字的形態一樣，但本課的하고與場景5的하고是不一樣的。名詞後面接하고表示與某事一起，不管該名詞是母音或子音結尾，都直接接하고。하고還能跟用於書面語和正式場合的와 / 과交替使用，也可以跟口語和非正式場合的（이）랑交替使用。

(Ex.) 매일 친구하고 밥을 먹어요.
　　　每天和朋友吃飯。
(Ex.) 다음 주에 가족하고 여행할 거예요.
　　　下週會與家人一起旅遊。

❷ 무슨
詢問哪個？

무슨放在名詞之前，用來詢問其所修飾的名詞。主要用於詢問名詞類型的問題。對話中詢問電影類型（喜劇、動作片、愛情片等）要說무슨 영화。如果用疑問詞어느問어느 영화，意思會是選擇一到兩部或更多的電影。

(Ex.) A 무슨 음식을 좋아해요?
　　　　你喜歡什麼樣的食物呢？
　　　B 저는 한국 음식을 좋아해요.
　　　　我喜歡韓國料理。
(Ex.) A 어느 음식을 드시겠어요?
　　　　您要吃什麼食物呢？
　　　B 저는 비빔밥을 먹을게요.　我要吃拌飯。

小叮嚀

• 地點相關字彙

○○관 指較大的建築物	○○장 指場地	○○실 指某種空間類型
영화관　電影院	운동장　運動場	교실　教室
미술관　美術館	수영장　游泳池	사무실　辦公室
박물관　博物館	행사장　活動會場	휴게실　休息室

文法焦點

文法表 p.269

– (으) 려고 하다 要去做…

– (으) 려고 하다 與動詞一起使用，表句子的主語想要或是將會去做某事。這主要用於描述某人的意志或話者的意圖。動詞語幹以母音結尾接 -려고 하다；動詞語幹以子音結尾接 -으려고 하다。

쉬다 이번 주말에 저는 집에서 쉬려고 해요. 這個周末我想要在家休息。

찾다 유진 씨는 졸업 후 일을 찾으려고 해요. 幼珍畢業後打算找工作。

시작하다 A 마크 씨, 한국어 공부가 끝나면 뭐 하려고 해요?
馬克，你學完韓語之後打算做什麼？

B 저는 한국에서 일을 시작하려고 해요. 我打算在韓國工作。

피우다 이제부터 담배를 피우지 않으려고 해요. 我想從現在開始戒菸。

★걷다 건강을 위해서 매일 30분씩 걸으려고 해요.
為了健康著想，我打算每天步行三十分鐘。

★살다 저는 이 집에서 계속 살려고 해요. 我打算繼續住在這間屋子。

如果要表達過去意圖，表過去的-았 / 었會與- (으) 려고 하다的하다一起使用，而為- (으) 려고 했다。

말하다 어제 말하려고 했어요. 그런데 말 못 했어요.
本來昨天想講，可是說不出口。

배우다 전에 수잔 씨가 한국 요리를 배우려고 했어요. 그런데 시간이 없어서 못 했어요.
之前蘇珊想學韓國料理，可是他沒時間所以沒有學。

> ! **注意**
>
> 當句子的主語是人，- (으) ㄹ 거예요用來客觀描述主語的行程；當句子的主語不是人，- (으) ㄹ 거예요會被用來表示計畫。當句子的主語是人，- (으) 려고 하다是根據主語的意圖來描述計畫；當句子的主語不是人，- (으) 려고 하다無法被用來表達主語的意圖，而是被解釋為將要發生的某件事。
>
> Ex 저는 이번 주말에 여행 갈 거예요. 我這週末會去旅行。
> 저는 이번 주말에 여행 가려고 해요. 我這週末想去旅行。
>
> Ex 곧 졸업식이 시작할 거예요. 畢業典禮即將開始。
> 곧 졸업식이 시작하려고 해요. 畢業典禮要開始了。

練習題

1~5 選出正確答案以完成句子。

1. 이번 달에 돈을 너무 많이 썼어요. 그래서 앞으로 돈을 많이
① 쓰려고 해요.   ② 쓰지 않으려고 해요.

2. 매일 늦게 일어나서 늦어요. 내일부터 일찍 자고 일찍
① 일어나려고 해요.   ② 일어나지 않으려고 해요.

3. 담배를 피워서 건강이 나빠졌어요. 이제부터 담배를
① 피우려고 해요.   ② 피우지 않으려고 해요.

4. 이제부터 책을   ① 읽으려고 해요. 그래서 오늘 서점에서 책을 많이 샀어요.
② 읽지 않으려고 해요.

5. 어제 한국 음식을   ① 만들려고 해요. 그런데 시간이 없어서 못 만들었어요.
② 만들려고 했어요.

6~9 用- (으) 려고 하다完成以下對話。

6. A 수업 후에 뭐 할 거예요?
B 친구하고 밥을 _____ .
(먹다)

7. A 휴가 때 뭐 할 거예요?
B 혼자 제주도에 여행 _____ .
(가다)

8. A 이번 주말에 뭐 하려고 해요?
B 그냥 집에 _____ .
(있다)

9. A 앞으로 어떻게 말하기를 연습하려고 해요?
B 한국 친구를 _____ .
(찾다)

解答 p.277

文法練習

088.mp3

時間＋부터 - (으) 려고 해요   談論自己的計劃。

오늘부터 다이어트하려고 해요.   我打算從今天開始減肥。

오늘부터 게임을 안 하려고 해요.   我今天開始不玩遊戲了。

내일부터 운동을 시작하려고 해요.   我想從明天開始運動。

내일부터 영어로 말하지 않으려고 해요.   我打算從明天開始不講英語。

- (으) ㄹ 거예요?   詢問他人的計畫。

어떻게 집에 갈 거예요?   你要怎麼回家？

이번 주말에 뭐 할 거예요?   你這個周末要做什麼？

어디에서 친구를 만날 거예요?   你要在哪裡跟朋友見面？

언제 한국어 공부를 시작할 거예요?   你什麼時候要開始學韓語？

▶ 補充單字

• 打電話相關字彙

전화를 걸다 打電話

전화를 받다 接電話

통화하다 通話、講電話

전화를 끊다 掛電話

문자 메시지를 보내다 傳簡訊

문자 메시지를 받다 收簡訊

영상 통화하다 視訊通話

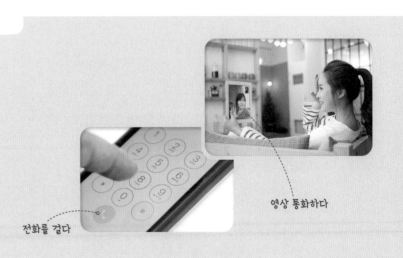

영상 통화하다

전화를 걸다

會話練習

089.mp3

– (으) 면 어때요? 向他人提出建議。

좀 걸으면 어때요?	稍微走走如何？
같이 식사하면 어때요?	一起用餐如何？
내일 일찍 만나면 어때요?	明天早點見面如何？
다른 친구도 부르면 어때요?	叫上其他朋友怎麼樣？

–아 / 어 줘서 고마워요 表達感謝。

전화해 줘서 고마워요.	謝謝你打給我。
걱정해 줘서 고마워요.	謝謝你擔心我。
애기 들어 줘서 고마워요.	謝謝你聽我說。
그렇게 말해 줘서 고마워요.	謝謝你那麼說。

發音小訣竅

괜찮아요 [괜차나요]

090.mp3

當雙終聲ㄶ或ㅀ後面接母音開頭的音節時，ㄶ、ㅀ發第一個終聲子音的音，第二個終聲子音ㅎ會脫落。因此ㄶ、ㅀ的第一個終聲子音ㄴ、ㄹ會連音至下一個音節發初聲子音的音。上述例子中，괜찮아요的찮後面接아，ㄶ的ㄴ連音至下一音節同時第二個終聲子音ㅎ脫落，故괜찮아요應讀作〔괜차나요〕。

例 끊어요 [끄너요] 앓아요 [아라요]

Coffee Break

如何表達電話結語

當你要結束與自己有正式關係之同齡人（如商業合作夥伴）的通話時，可以說안녕히 계세요。在結束與自己年紀相仿或關係親近者（如同學）的通話時，可以說끊을게요或끊어요表達親近跟友善。在結束與尊待對象（如老闆、朋友的父母等）的通話時，應使用들어가세요。

特殊節日的節日美食

　　韓國節日可以吃到傳統美食。元旦吃年糕湯，中秋節吃松餅。除了這些節日美食，日常生活中的特別時刻也會聯想到一些食物。

生日吃昆布湯

　　在韓國，生日當天總是要吃昆布湯。年紀大的人在生日那天常問年輕人：「你吃昆布湯了嗎？」。昆布湯營養豐富，且適合產後媽媽食用。據說這項習俗源自於過去人們會在餐桌上擺昆布湯以祈求嬰兒降生。

大考前吃韓國太妃糖或年糕

　　韓國人會送給那些希望「通過」考試的人帶有強烈「黏著感」的太妃糖或年糕。吃太妃糖或年糕就像是送上一份好運的禮物。在 11 月中旬韓國大學考試之前，能夠在城市各地看到販售太妃糖及年糕的店。值得注意的是，韓國人在大考前不喝昆布湯。因為昆布湯的「滑感」會讓人想起滑倒與考試不及格。

下雨天吃煎餅與馬格利米酒

　　下雨天，許多韓國人都會聯想到馬格利米酒及煎餅。有個解釋是說，下雨天吃高熱量食物會使體溫升高；也有人解釋為下雨的聲音會使他們想起油煎餅的聲音。不管是什麼原因，許多餐館會在雨天賣煎餅。馬格利米酒是由米製成的酒精飲品，與煎餅很相配。當然，你也可以喝啤酒或燒酒來配煎餅；但是在下雨天，吃煎餅配馬格利米酒是最正統的吃法。

購買電影票
更改見面地點

사람이 많아서 유진 씨가 안 보여요.

人太多了，我看不到你。

山姆

幼珍

091_N.mp3

샘	여보세요. 유진 씨, 지금 어디에 있어요?
유진	저는 홍대입구역에 있어요.
샘	몇 번 출구에 있어요?
유진	9번 출구에 있어요.
샘	그런데 여기에 사람이 많아서 유진 씨가 안 보여요.
유진	그래요? 그럼, 역 근처 공원 알아요?
샘	네, 알아요.
유진	그럼, 거기에서 봐요.
샘	알겠어요. 지금 갈게요.

山姆	喂？幼珍，你現在在哪裡？
幼珍	我在弘大入口站。
山姆	你在幾號出口？
幼珍	九號出口。
山姆	可是這裡人好多，我看不到你。
幼珍	是嗎？那你知道地鐵站附近的公園嗎？
山姆	是，我知道。
幼珍	那就那裡見吧。
山姆	我知道了，我現在過去。

어디에 在哪裡
홍대입구역 弘大入口站
출구 出口
사람 人
많다 多
역 站
근처 附近
공원 公園
알다 知道
거기 那裡、那邊

▶ 新表現

지금 어디에 있어요? 現在在哪裡?
몇 번 출구에 있어요? 你在幾號出口?
… 알아요? 你知道…嗎?
거기에서 봐요. 在那裡見。
지금 갈게요. 我現在過去。

▶ 重點解析

① 여기 / 거기 / 저기
這裡／那裡／那裡

여기는 指距離話者較近的地方；저기는 指距離話者與聽者較遠的地方。거기는 指距離話者較遠，但距離聽者較近的地方。此外，거기還能夠用來表達對話中的某地，但在你跟談話者交談的當下無法被看見。

Ex. 여기에 핸드폰이 있어요. 這裡有一隻手機。
Ex. 부산에 갔어요. 거기 날씨가 좋았어요.
　　我去了釜山。那裡的天氣很好。
Ex. 시계가 저기에 있어요. 手錶在那邊。

② 역 근처 공원
從較大的地點到較小的地點

韓語中如果提到特定地點或時間時，書寫單位通常會由大到小。在本課對話中，역 근처 공원表示車站附近寬敞的區域，特別是中間的公園。事實上，書寫韓國地址時，也是由大單位寫到小單位。描述時間單位時也是一樣由大到小。例如預約的時候，會先說日期再接續時段或特定時間，像是「10號下午三點」。

Ex. 다음 주 화요일 오후 6시에 학교 근처 카페에서 만나요. 我們下週二下午六點在學校附近的咖啡店見。

• 常用連接詞

小叮嚀

그리고 而且	날씨가 좋아요. 그리고 사람들이 친절해요 天氣好，而且人們很親切。
그런데, 하지만 可是、但是	한국어 공부가 재미있어요. 그런데 좀 어려워요. 韓語學習很有趣，可是有點難。
그래도 不過	많이 먹었어요. 그래도 배가 고파요. 我吃了很多，不過肚子還是餓。
그래서 所以	배가 아파요. 그래서 병원에 가요. 我肚子痛，所以去醫院。
그러니까 所以、因此	비가 와요. 그러니까 우산을 가지고 가세요. 下雨了，所以請帶傘去。
그러면 (= 그럼) 那麼	한국어를 잘하고 싶어요? 그러면 한국 친구하고 많이 얘기하세요. 你想講一口流利的韓語？那麼，請多跟韓國朋友聊天。
왜냐하면 因為	오후에 시간이 없어요. 왜냐하면 오후에 아르바이트해요. 下午沒有時間，因為我下午要打工。

文法焦點

文法表 **p.270**

−아 / 어서 因為

　　−아 / 어서被用來表示造成某件事情的原因或理由。−아 / 어서用來連接兩個句子，表示原因／理由，用一句話來表達就是副詞그래서。在韓語中，表原因的文句與−아 / 어서一起使用時，會寫在結論之前。−아 / 어서可與動詞及形容詞一起使用。動詞하다用為해서。如動詞語幹以母音ㅏ或ㅗ結尾，接−아서；其餘語幹則與−어서一起使用。

유명하다　김치가 유명해서 김치를 살 거예요.
因為辛奇有名，所以我要買辛奇。

바쁘다　요즘 일이 바빠서 시간이 없어요.　最近工作忙，所以沒有時間。

있다　한국 친구가 있어서 한국어를 배워요.
因為有韓國朋友，所以學韓語。

가다　다음 주에 여행 가서 여행 가방을 사요.
因為下週要去旅行，所以買旅行背包。

만나다　친구를 만나서 기분이 너무 좋아요.
因為要跟朋友見面，所以我非常開心。

★덥다　날씨가 더워서 힘이 없어요.　因為天氣熱，所以無精打采的。

　　儘管原因或理由的時間點是過去，但過去時制動詞、形容詞不可與−아 / 어서一起使用。不論原因或理由的時間點是現在或過去，都應使用現在時制動詞、形容詞搭配−아 / 어서。

아프다　어제 아파서 친구를 만날 수 없었어요. (O)
昨天不舒服，所以沒辦法跟朋友見面。

　　어제 아팠어서 친구를 만날 수 없었어요. (X)

ⓘ 注意

−아 / 어서無法與命令句（으）세요或表建議一起做某事的 −（으）ㅂ시다一起使用。因此，在提及關於命令或建議某事的原因時，使用 −（으）니까而不使用 −아 / 어서。

Ex 날씨가 좋아서 산책합시다. (X)
　　날씨가 좋으니까 산책합시다. (O)　因為天氣很好，所以我們去散步吧。

1~4 用-아 / 어서連接兩個句子。

Ex. 친구가 <u>바빠요</u>. 그래서 시간이 없어요.

→ 바빠서

1. 한국 사람이 <u>친절해요</u>. 그래서 저를 많이 도와줬어요.

→

2. 한국어를 잘 <u>몰라요</u>. 그래서 길을 잃어버렸어요.

→

3. 어제 배가 <u>아팠어요</u>. 그래서 병원에 갔어요.

→

4. 아까 많이 <u>먹었어요</u>. 그래서 지금 배가 불러요.

→

5~7 用-아 / 어서完成以下對話。

Ex. A 왜 피곤해요?

B <u>일이 많아서</u> 피곤해요.
(일이 많다)

5. A 왜 일찍 자요?

B _____ 일찍 자요.
(내일 아침에 약속이 있다)

6. A 왜 한국어를 공부해요?

B _____ 공부해요.
(한국 사람하고 말하고 싶다)

7. A 왜 어제 전화를 안 받았어요?

B _____ 전화 못 받았어요.
(핸드폰이 고장 나다)

解答 p.277

文法練習

092.mp3

-아 / 어서 - (으) ㄹ 수 없어요　找藉口。

바빠서 만날 수 없어요.　　　　因為忙，所以無法見面。

피곤해서 운동할 수 없어요.　　因為累，所以無法運動。

시간이 없어서 만날 수 없어요.　因為沒有時間所以見不了面。

돈이 없어서 옷을 살 수 없어요.　因為沒有錢，所以買不了衣服。

-아 / 어서 안 돼요　發表負面評論。

비싸서 안 돼요.　　　　　　因為太貴所以不行。

머리가 아파서 안 돼요.　　　因為頭痛所以不行。

시간이 없어서 안 돼요.　　　因為沒有時間所以不行。

날씨가 나빠서 안 돼요.　　　因為天氣不好所以不行。

▶ 補充單字

• **用工作當作藉口**
바빠요.　我很忙。
일이 많아요.　我工作很多。
시간이 없어요.　我沒有空。

• **用健康當作藉口**
머리가 아파요.　我頭痛。
몸이 안 좋아요.　我身體不好。
감기에 걸렸어요.　我感冒了。

• **用交通狀況當作藉口**
길이 막혀요.　路上塞車。
교통이 복잡해요.　交通壅擠。
길에 차가 많아요.　路上車子很多。

會話練習

地點＋어디에 … ？ 詢問具體位置。

학교 어디에 있어요?　　　　　　　　在學校哪裡？

➡ 학교 정문 앞에 있어요.　　　　　➡ 在學校大門前面。

지하철역 어디에 있어요?　　　　　　在地鐵站哪裡？

➡ 지하철역 2번 출구에 있어요.　　➡ 在地鐵站二號出口。

서울 어디에 살아요?　　　　　　　　住在首爾哪裡？

➡ 서울 강남에 살아요.　　　　　　　➡ 住在首爾江南。

狀況＋제가 다시 전화할게요 掛電話。

다른 전화가 와요. 제가 다시 전화할게요.　　我有插撥，我再打給你。

배터리가 다 됐어요. 제가 다시 전화할게요.　手機要沒電了，我再打給你。

소리가 잘 안 들려요. 제가 다시 전화할게요.　我聽不清楚，我重新打給你。

이제 끊어야겠어요. 제가 다시 전화할게요.　我該掛電話了，我再打給你。

發音小訣竅

영화 [영화]

094.mp3

當子音ㄴ、ㅇ、ㄹ、ㅁ連接ㅎ時，ㅎ的發音會弱化。在上述例子中，ㅎ連接在영的子音ㅇ之後，發微弱的音，讀「영화」。不過實際聽到的是「영와」，因為ㅎ的發音被減弱到幾乎聽不到的程度。

例 전화 [전화] 운동화 [운동화]

☕ Coffee Break

通話時，聽不清楚對方說話的表現方式

如果通話時無法聽清楚對方講什麼，可以說잘 안 들려요. 這樣對方就會以較大的音量說話。當然，你也可以直接跟對方要求講大聲一點더 크게 말해 주세요. 或者是，你也能簡單地說네? 用來婉轉要求對方覆述。

韓國街頭食物

　　外國人來到首爾，都會因為物價比他們想得還要高而嚇到。特別是咖啡的價格，比餐廳賣的飯價格還要高，這是一個常見的例子。不過，韓國美食並不拘限於價格昂貴的韓國料理，也就是給人帶來味覺與視覺雙享受的韓定食。所謂的韓國美食，還包括各種街頭小吃。

辣炒年糕

　　辣炒年糕是韓國最具代表性的街頭美食之一，人們能在街頭小吃攤或平價餐廳隨意享用這道美食。辣炒年糕是用辣椒醬加水煮沸，並將年糕切成方便食用的大小，和各種蔬菜一起燉煮而成，烹調方式簡單。辣炒年糕的辣味深受10到20歲的學生、年輕女性及年輕人歡迎。有趣的是，如今辣炒年糕

是人人都可品嘗的小吃，但在過去卻被視為國王才能享用御膳料理。據說，以前御膳桌上的辣炒年糕，用的醬料是醬油而非辣椒醬，所以菜餚的顏色不是紅色，食材也非年糕跟蔬菜，而是碎肉跟蘑菇做成的鍋物。

鯛魚燒

　　每當寒風來襲，街頭巷尾都能看到鯛魚燒的身影。它是將麵粉揉成薄麵糊，放入兩邊形狀相同的模具裡，並在中間放入紅豆餡烤製而成。因為模具的形狀像鯛魚，烤好的樣子也像鯛魚，所以人們稱這道小點心為鯛魚燒。韓國人喜歡在寒冷的天氣吃鯛魚燒，

因為它表皮酥脆還包著熱呼呼的紅豆內餡。由於鯛魚燒的模具左右是相同烤架，所以有時韓國人會稱長相相似的「父子」為「鯛魚燒」。

在咖啡廳

點咖啡

죄송합니다.
지금 빵이 없습니다.

對不起，現在沒有麵包。

山姆

咖啡廳員工

095_N.mp3

직원	어서 오세요.
샘	아이스 커피 한 잔하고 딸기 주스 두 잔 주세요.
직원	알겠습니다. 또 필요한 거 없으세요?
샘	그리고 빵도 세 개 주세요.
직원	죄송합니다. 지금 빵이 없습니다.
샘	그래요? 그럼, 커피하고 주스만 주세요.
직원	네, 전부 15,000원입니다.
샘	여기 있어요.

店員	歡迎光臨。
山姆	請給我一杯冰咖啡，兩杯草莓果汁。
店員	好的，請問還需要什麼？
山姆	然後麵包也請給我三塊。
店員	抱歉，現在沒有麵包。
山姆	這樣啊？那請給我咖啡跟果汁就好。
店員	好的，總共是15,000元。
山姆	這裡。

커피 咖啡

아이스 커피 冰咖啡

잔 杯

딸기 草莓

주스 果汁

또 又、再、還

필요하다 需要

거 東西、物品

그리고 而且

빵 麵包

도 也

개 個

만 僅、只

전부 全部

원 元

▶ 新表現

또 필요한 거 없으세요?
請問還需要什麼？

그리고 빵도 세 개 주세요.
然後麵包也請給我三塊。

커피하고 주스만 주세요.
請給我咖啡跟果汁就好。

전부 15,000원입니다.
總共是15,000元。

▶ 重點解析

① 하고和그리고
和、並且、然後

하고和그리고對應的意思是「和、並且、然後」，但하고與그리고的詞型變化不同。在連接超過兩個名詞的時候，在第一個名詞之後接하고；在連接句子的時候，在第一個句子結尾的句號之後接그리고。

Ex. 저는 불고기하고 김치를 좋아해요.
我喜歡烤肉與辛奇。

Ex. 비빔밥이 싸요. 그리고 맛있어요.
拌飯便宜。而且很好吃。

② 助詞도和만
表達「也」與「只有」

助詞도和만是用來加上特別意義並強調名詞。助詞도表示「也是、也」；助詞만表示「只有、只是」。當助詞도和만跟主格助詞이／가或受格助詞을／를結合使用時，主格助詞이／가或受格助詞을／를會被省略，只使用助詞도和만。然而，當도和만並非是與主格助詞이／가或受格助詞을／를一起使用時，其他的助詞不會被刪除或省略。

Ex. 아침을 안 먹었어요. 점심도 안 먹었어요.
我沒吃早餐。午餐也沒吃。

Ex. 제가 고기하고 채소를 좋아해요. 그런데 생선만 안 좋아해요.
我喜歡肉與蔬菜。但是，只有海鮮不喜歡。

小叮嚀

• 量詞

數東西時，會用固有數字搭配一個量詞。量詞會隨著計算的名詞不同而使用不同量詞。跟中文不一樣，韓語是先講名詞，接著講固有數字，最後講量詞。譬如모자 한개（一頂帽子）及사람 두명（兩個人）。

一	한 개	한 명	한 분	한 잔	한 권	한 장
二	두 개	두 명	두 분	두 잔	두 권	두 장
三	세 개	세 명	세 분	세 잔	세 권	세 장
四	여러 개	여러 명	여러 분	여러 잔	여러 권	여러 장

文法焦點

文法表 p.270

格式體尊待形 – (스) ㅂ니다

在韓語中，透過改變一點句子型態就能展現適當的禮貌，即改變句子語尾。語尾–（스）ㅂ니다用於正式場合或發表官方聲明，是可以向他人表達敬意的正式語尾，常用於商業合作對象、跟老闆共事或公開演說時。你可能會在百貨公司聽到穿著制服的職員或飛機上的空服員使用–（스）ㅂ니다這個語尾。格式體尊待形–（스）ㅂ니다與非格式體尊待形–아／어요不同。–아／어요主要用在日常或朋友之間，像是學校前輩、店家。–（스）ㅂ니다與動詞、形容詞搭配使用。當動詞、形容詞語幹以母音結尾，接–ㅂ니다；當動詞、形容詞語幹以子音結尾，接–습니다。

하다	이제 회의가 시작합니다.	現在開始開會。
춥다	요즘 날씨가 춥습니다.	最近天氣冷。
이다	저는 미국 사람입니다.	我是美國人。

如果要描述過去的事情，動詞或形容詞語幹之後接表過去的–았／었結合–（스）ㅂ니다。

| 일하다 | 어제 아침부터 일했습니다. | 昨天從早上就開始工作。 |
| 찾다 | 조금 전에 동료가 서류를 찾았습니다. | 不久前同事找到資料。 |

如果要用於疑問句，動詞或形容詞語幹之後接–（스）ㅂ니까而非–（스）ㅂ니다。

어떻다	A 회사 생활이 어떻습니까?	公司生活怎麼樣？
재미있다	B 재미있습니다.	很有趣。
끝나다	A 회의가 언제 끝났습니까?	會議什麼時候結束的？
	B 조금 전에 끝났습니다.	不久前結束的。

1~5 請參考例句，將畫底線的部分改為格式體尊待形–（스）ㅂ니다。

Ex. 저는 한국 영화를 정말 <u>좋아해요.</u> → 좋아합니다

1. 그래서 주말에 친구하고 영화를 <u>봐요.</u> →

2. 영화가 끝나면 같이 점심을 <u>먹어요.</u> →

3. 가끔 커피도 <u>마셔요.</u> →

4. 지난주에도 영화를 <u>봤어요.</u> →

5. 정말 <u>재미있었어요.</u> →

6~8 請用–（스）ㅂ니다完成以下對話。

Ex. A 이름이 무엇입니까?
　　 B 저는 ＿＿＿마크입니다＿＿＿ .

6. A 어느 나라에서 왔습니까?
　　 B 미국에서 ＿＿＿＿＿＿ .

7. A 지금 무슨 일을 합니까?
　　 B 은행에서 ＿＿＿＿＿＿ .

8. A 언제 일을 시작하셨습니까?
　　 B 6개월 전에 ＿＿＿＿＿＿ .

解答 p.277

▶ 文法練習

096.mp3

하나도 + 否定表達 使用否定的表達方式。

| 빵이 하나도 없습니다. | 一塊麵包都沒有。 |
| 돈이 하나도 없습니다. | 一毛錢都沒有。 |

| 모자가 한 개도 없습니다. | 一頂帽子都沒有。 |
| 학생이 한 명도 없습니다. | 一個學生都沒有。 |

뭐든지 / 누구든지 / 언제든지 / 어디든지 語帶強調意味。

뭐든지 다 있습니다.	我們什麼都有。
누구든지 올 수 있습니다.	誰都可以來。
언제든지 살 수 있습니다.	任何時候都能買。
어디든지 갈 수 있습니다.	什麼地方都能去。

▶ 補充單字

● 店家相關字彙

문을 열다　開店、開始營業
문을 닫다　打烊、休息了、鐵門拉下來了
주문하다　訂購
계산하다　結帳
줄을 서다　排隊
영수증　收據、發票

줄을 서다

계산하다

문을 열다

문을 닫다

會話練習

097.mp3

名詞＋드릴까요？　　詢問對方的意圖。

영수증 드릴까요?　　　　　　　　　要給您發票嗎？

➡ 아니요, 괜찮아요.　　　　　　　➡ 不，沒關係。

뭐 드릴까요?　　　　　　　　　　　請問您需要什麼？

➡ 샌드위치 주세요.　　　　　　　➡ 請給我三明治。

몇 개 드릴까요?　　　　　　　　　請問您要幾個？

➡ 두 개 주세요.　　　　　　　　　➡ 請給我兩個。

따로　(-아 / 어)　주세요　　向工作人員提出額外要求。

얼음을 따로 주세요.　　　　　　　冰塊請另外給。

설탕을 따로 주세요.　　　　　　　砂糖請另外給。

따로 계산해 주세요.　　　　　　　請分開結帳。

따로 포장해 주세요.　　　　　　　請分開包。

發音小訣竅

없어요 [업써요]

098.mp3

當雙終聲後面接母音開頭的音節時，只有雙終聲裡面的第二個終聲子音會連音至下一個音節發初聲子音的音。當雙終聲是發 [ㄱ、ㄷ、ㅂ] 的音，而後面接初聲子音「ㄱ、ㄷ、ㅂ、ㅅ、ㅈ」時，初聲子音會硬音化發 [ㄲ、ㄸ、ㅃ、ㅆ、ㅉ] 的音。在上述例子中，없的第二個終聲子音ㅅ連音至下一個音節發初聲子音的音。套用前面說的硬音化規則，없的第一個終聲子音是「ㅂ」，ㅂ＋ㅅ時ㅅ會硬音化發 [ㅆ] 的音。所以없어요讀作 [업써요]。

Coffee Break

向店員詢問時的表現用法

當你想要在餐廳外帶飲料或食物時，可以說가져갈 거예요或테이크아웃할 거예요. 如果你有剩下食物，可以向店員說싸 주세요或포장해 주세요.

韓國咖啡廳內的場景

　　如果去韓國咖啡廳，可以看到人們邊喝咖啡邊聊天，但也常看到有人在讀書、用電腦打字的身影。韓國的咖啡並不便宜，但即便如此，大學生也經常去咖啡廳讀書而不是去圖書館學習。有人覺得咖啡廳比圖書館更能集中注意力，有人覺得比起家裡，更喜歡去舒適的咖啡廳。

　　外國人很訝異韓國人去化妝室時會直接把筆電放在桌上。有些韓國人甚至將昂貴的筆電或手機放在座位上超過30分鐘，也沒有要求其他人幫忙看管他們的東西。更令他們驚訝的是，沒有人會偷無人使用的筆電或手機。因為韓國人普遍認為，咖啡廳的桌上如果有擺放筆電、手機、外套或包包，就表示有人在使用。因此，沒有人會去碰或注意它。

　　有些人認為，這是因為韓國擁有世界一流的治安，所以韓國人已經習慣了預防犯罪。另一些人則認為，咖啡廳裡多數的客人都是年輕一代的族群，從小就在父母的關注下長大，因而對別人的財物不感興趣。但無論如何，需要注意的是，去韓國咖啡廳時，不用攜帶任何隨身物品到廁所。

第4章

適應韓國生活

場景13　在家電行

場景14　理髮

場景15　在健身房

場景16　在郵局

수잔 피터스 (호주)

蘇珊‧皮特斯（澳洲人）

第4章
適應韓國生活

在家電行

比較電子產品

더 싼 거 있어요?

有更便宜的嗎？

蘇珊　店員

對話

수잔　선풍기 좀 보여 주세요.

직원　이거 어때요?

수잔　다른 디자인 없어요?

직원　그럼, 이거 어때요?
　　　이 디자인이 인기가 많아요.

수잔　좀 비싸요. 더 싼 거 있어요?

직원　여기 있어요. 이게 제일 싼 거예요.

수잔　그래요? 좀 더 보고 올게요.

蘇珊　我想看看電風扇。

店員　這台怎麼樣？

蘇珊　有別款嗎？

店員　那麼，這台如何？
　　　這台的設計很受歡迎。

蘇珊　有點貴，有便宜一點的嗎？

店員　這裡，這台是最便宜的。

蘇珊　是嗎？我再看看。

▶ 新單字

선풍기　電風扇
다르다　不一樣、不同
디자인　設計
인기가 많다　受歡迎
비싸다　貴
더　更
좀　稍微
싸다　便宜
제일　最
오다　來

▶ 新表現

… 좀 보여 주세요.　我想看一下…。
이거 어때요?　這個如何？
다른 디자인 없어요?　有別款嗎？
이 디자인이 인기가 많아요.
這款設計很受歡迎。
좀 비싸요.　有點貴。
더 싼 거 있어요?　有便宜一點的嗎？
이게 제일 싼 거예요.
這個是最便宜的了。
좀 더 보고 올게요.　我再看看。

▶ 重點解析

① 좀
請、稍微

좀有兩個意思。本課對話中，蘇珊說「선풍기 좀 보여 주세요」。這裡的좀用來表達禮貌。另一個좀的意思常用於口語對話中，是 조금的縮寫，有「稍微、一點」的意思。像是課文對話中的「좀 비싸요」與「좀 더 보고 올게요」都是。

Ex. 바지가 좀 커요. 작은 바지 좀 보여 주세요.
　　褲子有點大。請讓我看一下小件一點的。

② 代名詞거
指物品、東西

거主要用於口語對話中，用來表示之前提到的名詞。本課對話中，싼 거用來取代싼 선풍기。原本거是指것，但為了在口語對話中輕鬆發音而變成거。

Ex. 가방이 너무 커요. 작은 거 (= 가방) 있어요?
　　包包太大了。有小一點的嗎？

小叮嚀

• 意思相反的形容詞
用韓文讀時間時，小時要用固有數字念，分鐘要用漢字數字念。

5,000元　2,000,000元

싸다 ↔ 비싸다
便宜　　　貴

많다 ↔ 적다
多　　　少

크다 ↔ 작다
大　　小

키가 크다 ↔ 키가 작다
個子高　　　個子矮

같다 ↔ 다르다
相同　　　不同

재미있다 ↔ 재미없다
有趣　　　無趣

2+3=5

쉽다 ↔ 어렵다
簡單　　困難

춥다 ↔ 덥다
冷　　熱

편하다 方便 ↔ 불편하다 不方便
가볍다 輕 ↔ 무겁다 重

좋다 好 ↔ 나쁘다 壞
깨끗하다 乾淨 ↔ 더럽다 骯髒

文法焦點

文法表 p.271

比較級 보다 더 與最高級 제일、가장

　　韓語中提到比較的時候，會使用助詞或副詞。透過添加表比較的助詞보다於比較對象後，再加上副詞더。舉例來說，要表達「夏天釜山比首爾熱。」要先把主語부산放在前面，接著在比較對象（首爾）後面加보다，最後在形容詞더워요前面加上더以完成句子。不過即使省略더，句子仍可表達比較意味。

여름에 부산이 서울보다 더 더워요.	夏天時釜山比首爾更熱。
비빔밥이 불고기보다 (더) 맛있어요.	拌飯比烤肉更好吃。

　　最高級使用副詞제일、가장。例如，當你想表達首爾、仁川及釜山這三個城市中最熱的城市時，選擇부산為主語，並把副詞제일或가장加在形容詞더워요之前。

월요일이 제일 바빠요.	星期一最忙。
축구가 가장 재미있어요.	足球最有趣。

　　當縮小選擇項目時，會使用중에서。例如，使用중에서來表達有限範圍，或是說A하고 B 중에서來指定比較的範圍。

A 봄하고 가을 중에서 뭐를 더 좋아해요?	春天跟秋天你比較喜歡哪個？
B 봄을 더 좋아해요.	我比較喜歡春天。
A 스포츠 중에서 뭐가 제일 재미있어요?	你覺得哪個運動最有趣？
B 수영이 제일 재미있어요.	我覺得游泳最有趣。

> **⚠ 注意**
>
> 請注意더這個音節母音的發音。不同的發音會產生完全不同的意思。
>
> Ex 더（更）：커피가 주스보다 더 싸요. 咖啡比果汁更便宜。
> Ex 다（兩者、全部）：고기하고 생선 다 좋아해요. 肉與海鮮我都喜歡。
> Ex 도（也）：야채가 싸요. 그리고 물도 싸요. 蔬菜便宜，而且水也便宜。

練習題

1~3 看圖並完成句子。

Ex.

겨울

가을

<u>　겨울　</u> 이 <u>　가을　</u> 보다 <u>더</u> 추워요.

1.

자동차　　　비행기

_____ 가 _____ 보다 _____ 빨라요.

2.

7,300,000원　　　　10,000원

침대　　　의자

_____ 가 _____ 보다 _____ 비싸요.

3.

서울
제주도

서울이 제주도보다 사람이 _____.

4~7 請選出正確答案以完成對話。

4. A 여름하고 겨울 중에서 뭐가 (① 더 / ② 제일) 좋아요?
　　 B 여름이 좋아요.

5. A 진수하고 마크 중에서 누가 (① 더 / ② 제일) 키가 커요?
　　 B 마크가 키가 커요.

6. A 영화하고 음악하고 그림 중에서 뭐를 (① 더 / ② 제일) 좋아해요?
　　 B 영화를 가장 좋아해요.

7. A 봄, 여름, 가을, 겨울 중에서 어떤 계절을 (① 더 / ② 제일) 좋아해요?
　　 B 가을을 가장 좋아해요.

解答 p.277

100.mp3

더 - (으) ㄴ 거 있어요?　對某件事提出要求。

너무 비싸요. 더 싼 거 있어요?　　　　太貴了，有便宜一點的嗎？

너무 커요. 더 작은 거 있어요?　　　　太大了，有小一點的嗎？

너무 무거워요. 더 가벼운 거 있어요?　太重了，有輕一點的嗎？

너무 어두워요. 더 밝은 거 있어요?　　太暗了，有亮一點的嗎？

이 중에서 뭐가 제일 …?　要求提供具體資料。

이 중에서 뭐가 제일 싸요?　　　　這裡面哪個最便宜？

이 중에서 뭐가 제일 튼튼해요?　　這裡面哪個最耐用？

이 중에서 뭐가 제일 인기가 많아요?　這裡面哪個最受歡迎？

이 중에서 뭐가 제일 후기가 좋아요?　這裡面哪個評價最好？

▶ 補充單字

• 與產品相關的單字

세일하다　折扣
할인하다　打折
포장하다　包裝、打包
배달하다　宅配、配送
보증서　保證書
보증 기간　保固期間
서비스 센터　客服中心

배달하다

세일하다

할인하다

會話練習

101.mp3

다른名詞＋없어요? 　要求某事、某物。

이거 어때요?　　　　　　　　　這個怎麼樣?

➡ 다른 거 없어요?　　　　　　➡ 有其他的嗎?

➡ 다른 색 없어요?　　　　　　➡ 有別的顏色嗎?

➡ 다른 모델 없어요?　　　　　➡ 有別的樣品嗎?

➡ 다른 디자인 없어요?　　　　➡ 有別的設計嗎?

服務相關事宜＋돼요? 　詢問是否有提供該服務。

카드 돼요?　　　　　　　　　可以刷卡嗎?

➡ 네, 됩니다.　　　　　　　➡ 是的,可以。

포장 돼요?　　　　　　　　　可以幫我包起來嗎?

➡ 네, 됩니다.　　　　　　　➡ 是的,可以。

배달 돼요?　　　　　　　　　可以宅配嗎?

➡ 죄송합니다. 안 됩니다.　　➡ 抱歉,不行。

發音小訣竅

102.mp3

많아요 [마나요] / 많고 [만코]

當雙終聲ㄶ或ㅀ後面接母音開頭的音節時,ㄶ、ㅀ的第二個終聲子音ㅎ脫落不發音,第一個終聲子音ㄴ、ㄹ則連音至下一個音節發初聲子音的音。上述第一個例子中,많的雙終聲ㄶ的第二個終聲子音ㅎ因為後面接母音開頭的音節而脫落,此時第一個終聲子音ㄴ連音至下一個音節發初聲子音的音,故많아요讀作 [마나요]。此外,在第二個例子中,當많的雙終聲ㄶ後面接子音ㄱ、ㄷ、ㅈ,子音ㄱ、ㄷ、ㅈ會因為與많的第二個終聲子音ㅎ相結合而產生激音化,讀作 [ㅋ、ㅌ、ㅊ]。故많고讀作 [만코]。

Coffee Break

購物時的實用表現

有時我們走進商店是為了買東西,但有的時候會只看不買。如果只是想逛逛,初次拜訪店家時,可以說그냥 구경 좀 할게요。如此一來就可在工作人員親切的指示下自由地逛。如果想仔細看看某樣商品,可以跟工作人員說○○좀 보여 주세요。當沒買任何東西要離開時,可以說좀 더 보고 올게요或다음에 올게요。

英語單字的韓語發音

　　韓語中有許多來自英語的外來語。然而，有些外國人會因為韓國人的英語發音大不相同而無法理解這些英語單字。我們來看一下韓語中外來語單字的發音方法，這有助於外國人與韓國人之間的溝通。

　　首先，韓語音節是由母音與子音組成。所以發音時，子音必須添加母音一起發音，不能單獨發音。像是以「d」和「s」等子音結尾的單字如「salad」或「Christmas」，韓國人在發音時，會添加一個微弱的母音在子音之後，如으。因此在發「salad」和「Christmas」的音時，每個音節會根據子音－母音劃分（如드或스）。同樣地，「salad」被拆成sal－la－d而發셀러드；「Christmas」被拆成 Ch－ri－s－ma－s而發크리스마스。

　　其次，韓語沒有明顯發 f／p、b／v 或 r／l 的音。英語的「f」和「p」在韓語中發ㅍ音、「b」和「v」發ㅂ音、「r」和「l」發ㄹ音。像是「fan」和「pan」在英語中的發音完全不同，但在韓語中發音皆為팬。又或者「wifi」讀作와이파이，「pie」讀作파이，兩者皆發ㅍ音。同樣地，「b」和「v」在韓語中沒有區別，所以「box」和「vox」都發ㅂ的音讀作박스。而「r」和「l」在韓語中同樣沒有區別，「reader」和「leader」皆發ㄹ的音讀作리더。

　　再來，英語單字發音的時候會有重音，所以強弱很明顯。但韓語沒有特殊的重音，每個音節都以相同的長度與和速度發音。譬如「Macdonald's」要轉為韓語，套用韓文的音節構造，切法會是mac－do－nal－d，可是韓語中子音不可單獨發音，所以d會補上一個母音形成獨立音節，故「Macdonald's」的韓文為맥도날드。又或者「Starbucks」這個字，若要轉為韓語，首先以子音加母音為一個音節來切分會是 s－tar－buck－s，基於子音不可單獨發音的規則，字首跟字尾的s要補上母音，故「Starbucks」的韓文為스타벅스。假如在韓國搭計程車要跟司機講目的地，但司機聽不懂英語單字時，請試著把單字切分音節後套用韓語音節規則再講出你要講的字，這樣司機應該就能明白你想表達什麼了。

　　此外，也有韓國人發明英語單字並稱為韓式英語（Konglish）的例子。像是韓語中用於保固的單字是애프터 서비스（After service）、簽名是사인（sign）、手機是핸드폰（hand－phone），以及一口氣喝完一杯酒的意思是원샷（one shot）等。

　　當你越習慣韓語中的外來語，就表示越習慣韓語發音。讓我們一邊閱讀韓國街頭招牌，一邊享受學習的樂趣吧。

理髮

剪頭髮

너무 짧지 않게 잘라 주세요.

請不要剪得太短。

蘇珊　美髮師

103_N.mp3

직원 어서 오세요. 여기 앉으세요.

수잔 감사합니다.

직원 머리를 어떻게 할까요?

수잔 너무 짧지 않게 잘라 주세요.

직원 어느 정도로 잘라 드릴까요?

수잔 이 정도요.

직원 네, 앞머리는 어떻게 할까요?

수잔 앞머리는 자르지 마세요.

직원 알겠습니다.

設計師 歡迎光臨，這邊請坐。

蘇珊 謝謝。

設計師 你頭髮想怎麼用？

蘇珊 請不要剪太短。

設計師 您想剪掉多少？

蘇珊 差不多這樣。

設計師 好的，瀏海您想怎麼用？

蘇珊 請不要剪瀏海。

設計師 我明白了。

▶ 新單字

머리　頭髮
너무　太
짧다　短
않다　表否定
자르다　剪
어느　哪個
정도　程度
앞머리　瀏海

▶ 新表現

머리를 어떻게 할까요?
您的頭髮想要怎麼用？

잘라 주세요.
請幫我剪頭髮。

어느 정도로 잘라 드릴까요?
要幫您剪掉多少？

이 정도요.
大概這樣。

앞머리는 어떻게 할까요?
您的瀏海想要怎麼用？

자르지 마세요.　請不要幫我剪瀏海。

▶ 重點解析

❶ -（으）ㄹ까요?
友善詢問其他人的意願

-（으）ㄹ까요?被用於有禮貌且柔和地詢問一個人的意願。雖然要表達禮貌不一定非要用這個語尾，但-（으）ㄹ까요?被認為是謹慎的表達方式。本課對話中「머리를 어떻게 할까요?」與「머리를 어떻게 해요?」同義，但設計師使用-（으）ㄹ까요?表示小心翼翼地詢問客人的意向或喜好。

Ex. A 앞머리를 자를까요?　要剪瀏海嗎？
B 네, 조금 잘라 주세요.　對，請幫我修一點點。

❷ 이 정도
用手大致比劃數量或水平

用拇指跟食指表達某個長度或數量時，可以用手勢搭配이 정도。本課對話中，蘇珊講이 정도時，是用手勢來表示頭髮要剪的長度。當你想用通俗易懂的方式說明一個物體大致的數量或長度時，使用이 정도來表達即可。

• 不規則動詞I：으與르

小叮嚀

1. 省略으

當으結尾的動詞或形容詞語幹後面接母音開頭的語尾（如 -아요、어요）時，動詞或形容詞語幹的으會被省略。

- 모으다（收集／聚集）：모으＋-아요 → 모＋-아요 → 모아요
- Ex. 친구하고 헤어져서 슬퍼요.　我收集郵票。
- 슬프다（感覺傷心）：슬프＋-어요 → 슬ㅍ＋-어요 → 슬퍼요
- Ex. 친구하고 헤어져서 슬퍼요.　我跟朋友分開而感到傷心。

2. 不規則르

當르結尾的動詞或形容詞語幹後面接母音 -아/어開頭的語尾（如 -아/어요、-았/었어요）時，語幹르的「一」會被省略並添加「ㄹ」。

- 다르다（不同）：다르＋-아요 → 다르＋-아요 → 달르＋-아요 → 달라요
- Ex. 한국어는 영어하고 너무 달라요.　韓國語跟英語很不同。
- 부르다（叫）：부르＋-었어요 → 부르＋-었어요 → 불르＋-었어요 → 불렀어요
- Ex. 어제 친구하고 한국 노래를 불렀어요.　昨天跟朋友一起唱了韓語歌。

文法焦點

−게 將形容詞轉為副詞形

　　不管語幹是以母音或子音結尾，形容詞語幹後添加−게，就能將形容詞改為副詞形。−게用於修改動作或狀態。例如，要形成비싸게，就把−게添加在形容詞비싸다的語幹後。

크다	크게 말해 주세요.	請說大聲一點。
슬프다	여자가 슬프게 울었어요.	女子傷心地哭。
반갑다	저는 친구하고 반갑게 인사했어요.	我開心地跟朋友打招呼。
깨끗하다	어제 방을 깨끗하게 청소했어요.	昨天把房間打掃乾淨。
쉽다	쉽게 문제를 해결했어요.	輕鬆地解決問題。

　　除此之外，還可在副詞前添加아주、정말、너무來強調副詞的語氣。

남자가 아주 거만하게 말했어요.	男子十分傲慢地說。
친구하고 정말 맛있게 음식을 먹었어요.	真的跟朋友吃得很開心。
여자 친구하고 너무 쉽게 헤어졌어요.	太輕易跟女友分手了。

　　在使用兩個或多個副詞時，用−고來連接並按照以下方式使用。

시골에 가서 여름 방학을 재미있고 알차게 보냈어요.
前往鄉下度過一個有趣又充實的暑假。

> ⓘ 注意
> 並非每個形容詞轉為副詞形態都是去掉語尾加上−게，以下是幾個最常見的例外。
> 많다 → 많이: 점심을 너무 많이 먹었어요. 中午吃太多了。
> 빠르다 → 빨리: 지금 빨리 가야 돼요. 現在得快點去。
> 멀다 → 멀리: 회사에서 멀리 살아요. 我住得離公司遠。

練習題

1~4 將圖片與相對應的句子配對起來。

> ㉠ 조용하게 말해 주세요. ㉡ 맵게 만들어 주세요.
>
> ㉢ 건강하게 잘 지내세요. ㉣ 다른 의자에 편하게 앉으세요.

1.

2.

3.

4.

5~8 請用-게完成以下句子。

Ex. 수잔이 <u>예쁘게</u> 화장했어요.
(예쁘다)

5. 수잔이 매일 _____ 일해요.
(바쁘다)

6. 수잔이 케이크를 _____ 만들었어요.
(크다)

7. 수잔이 머리를 _____ 자르고 싶어요.
(짧다)

8. 수잔이 문제를 _____ 해결했어요.
(쉽다)

解答 p.277

文法練習

–게 –아 / 어 주세요
明確要求做某事。

크게 말해 주세요.   請講大聲一點。

맵게 만들어 주세요.   請做辣一點。

따뜻하게 빵을 데워 주세요.   請幫我把麵包加熱。

시원하게 에어컨을 틀어 주세요.   請開冷氣讓室內涼一點。

너무 –지 않게 잘라 주세요
明確要求不要做某事。

너무 짧지 않게 잘라 주세요.   請不要剪得太短。

너무 크지 않게 잘라 주세요.   請不要剪得太大。

너무 길지 않게 잘라 주세요.   請不要剪得太長。

너무 두껍지 않게 잘라 주세요.   請不要剪得太厚。

▶ 補充單字

• 髮廊相關字彙

자르다   剪

다듬다   梳理、修整

파마하다   燙髮

염색하다   染髮

기본 요금   基本費用

추가 요금   加價費用

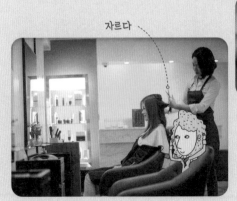

자르다

파마하다

會話練習

105.mp3

動詞 + - (으) ㄹ까요? 　委婉詢問別人的意見。

몇 시에 연락할까요?　　　　　　　　幾點打給你？

➡ 저녁 6시에 연락해 주세요.　　　　➡ 請在傍晚六點打給我。

이 물건을 어디에 놓을까요?　　　　要放在這棟建築的哪裡？

➡ 여기에 놓아 주세요.　　　　　　➡ 請放在這裡。

이 음식을 어떻게 할까요?　　　　　這道菜要怎麼辦？

➡ 냉장고에 넣어 주세요.　　　　　➡ 請幫我放進冰箱裡。

이게 … 뭐예요? 　詢問事物的意義。

이게 영어로 뭐예요?　　　　　　　這個用英語怎麼説？

이게 한국어로 뭐예요?　　　　　　這個用韓語怎麼説？

이게 무슨 의미예요?　　　　　　　這意味著什麼？

이게 무슨 뜻이에요?　　　　　　　這是什麼意思？

106.mp3

發音小訣竅

어떻게 [어떠케]

當終聲子音ㅎ後面接子音ㄱ、ㄷ、ㅈ，ㄱ、ㄷ、ㅈ會激音化發 [ㅋ、ㅌ、ㅊ] 的音。上述例子中，어떻게的떻後面接게，ㅎ＋ㄱ時ㄱ會激音化發 [ㅋ] 的音。因此어떻게應讀作 [어떠케]。

例 이렇다 [이러타]　그렇죠 [그러쵸]

☕ Coffee Break

去美容院時的常用表現

去韓國美容院時，你可能很難用韓語描述你想要的髮型細節。如果是這樣，你可以要求他們給你看照片或不同的髮型雜誌，這樣你就可以參考並選擇自己想要的髮型。或是，你可以找一張你想要的髮型照片給設計師看，並說「이렇게 해 주세요」。如果想要表達長度，可以用手比劃說「이 정도」。當表達想要的外型時，你可以用手比劃的同時說「이렇게」。

韓式美妝

所有女性都會在意自己的皮膚狀況，但韓國女性尤其注重皮膚保養以維持良好的肌膚狀態。比起健康的小麥膚色，韓國人更喜歡膚如凝脂，所以他們非常努力防曬。因為大家都很追求동안（童顏）這件事，所以在韓國很難只憑外表來判斷女性的年齡。

韓國化妝品被稱為「K‐beauty」，是展示韓國人對自己外表重視程度的標準例子。韓國化妝品強調肌膚透亮，而不是妝容華麗，許多產品都注重膚色校正還有遮瑕功能。此外，各年齡層所能負擔的價格區間也很廣，從平價化妝品到名牌化品，涵蓋客群範圍從缺乏零用錢的青少年到30、40多歲的職業女性。

近年來，韓國男性逐漸重視肌膚保養，市面上有越來越多專為注重皮膚保養的年輕男性設計的化妝品。甚至軍隊中也有供給士兵專用的化妝品。而服役期間士兵塗在臉上的偽裝膏，更是採用優質原料製成。

在韓國，皮膚管理及整形手術很常見。首爾的富裕小鎮江南區充斥著皮膚科及整形外科診所，提供服務給願意投資自己外表的人。許多人追求或模仿電影、電視劇及歌唱領域名人的外貌。近年來到韓國皮膚科及整形外科看診的外國人持續增加。誰不想讓自己看起來更年輕、更漂亮呢？

K‐beauty雖然是受益韓流成就的一項產業，卻同時透露在韓國社會中，人們想炫耀自己美麗外表的欲望。

在健身房

諮詢相關資訊

토요일에 하지만 일요일에 쉽니다.

星期六有營業，但週日休館。

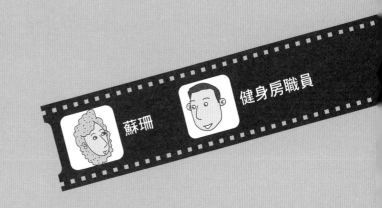

蘇珊　　健身房職員

107_N.mp3

수잔	다음 달부터 운동하려고 해요. 한 달에 얼마예요?	蘇珊	我想從下個月開始運動，請問一個月多少錢？
직원	한 달에 10만 원입니다.	員工	一個月10萬元。
수잔	몇 시부터 몇 시까지 해요?	蘇珊	你們營業時間是幾點到幾點？
직원	아침 6시부터 밤 10시까지 합니다.	員工	早上六點到晚上十點。
수잔	토요일에도 하죠?	蘇珊	週六也有營業吧？
직원	네, 토요일에 하지만 일요일에 쉽니다.	員工	有，週六有營業，但週日休館。
수잔	안을 볼 수 있어요?	蘇珊	我可以參觀內部環境嗎？
직원	그럼요. 이쪽으로 오세요.	員工	當然可以，這邊請。

▶ 新單字

다음 달　下個月
부터　從⋯
운동하다　運動
하다　做
아침　早上
밤　夜晚
토요일　星期六
일요일　星期天
쉬다　休息
안　裡面、內部

▶ 新表現

한 달에 얼마예요?
一個月多少錢?

몇 시부터 몇 시까지 해요?
從幾點開到幾點?

토요일에도 하죠?
星期六也有營業吧?

안을 볼 수 있어요?
我可以參觀一下內部環境嗎?

이쪽으로 오세요. 這邊請。

▶ 重點解析

① 助詞부터和까지
表達開始與結束的時間

本課中的부터表示時間的開始,까지表示時間的結束。在課文對話中,當蘇珊問到健身房的營業時間時,員工回答아침 6시부터 밤 10시까지,表示早上六點開館,晚上十點閉館。請注意,同樣有著表起始與終點之意的에서、까지主要與地方名詞一起使用,表起點與終點;而부터、까지主要與時間相關名詞結合使用,表範圍起始與範圍尾端。

Ex. 월요일부터 금요일까지 아르바이트해요.
　　週一到週五要打工。

Ex. 서울에서 부산까지 기차로 가요.
　　從首爾搭火車到釜山。

② 죠?
確認訊息

口語對話中,「죠?」用來確認聽者是否理解話者要表達的內容。不論動詞、形容詞的語幹是母音或子音結尾,用法都是在語幹後面加上「죠?」。「죠?」的原型是「지요?」但實際上會被縮寫用為「죠?」

Ex. A 거기 마크 씨 집이죠?
那邊是馬克家對吧?
　　B 네, 맞아요.　對,沒錯。

小叮嚀

• 星期

以下介紹「星期幾」的說法。

◀──── 주중 週間 ────▶					◀─▶ 주말 週末 ────▶	
월요일	화요일	수요일	목요일	금요일	토요일	일요일
星期一	星期二	星期三	星期四	星期五	星期六	星期天

휴일(假日):休息日,非工作日
평일(工作日):平日,既非週末也非例假日

첫째 주:第一週
둘째 주:第二週
셋째 주:第三週
넷째 주:第四週
다섯째 주:第五週

지난 주:上一週
이번 주:這一週
다음 주:下一週

文法表 p.271~272

–지만 但是

　　–지만用來表示前後內容的對比。–지만是一種句型，用來連接意思相反的兩個子句，並使用連接副詞그렇지만或하지만，把兩個句子連接成一個句子。

　　–지만可與動詞、形容詞搭配使用。不論語幹是以母音或子音結尾，使用時只需將–지만接在動詞或形容詞語幹之後。

비싸다 　이 식당은 비싸지만 맛이 없어요.
這家餐廳很貴，但不好吃。

좋다 　오늘 날씨가 좋지만 어제 날씨가 안 좋았어요.
今天天氣好，但昨天天氣不好。

하다 　토요일에는 하지만 일요일에는 하지 않아요.
星期六有營業，但星期天休息。

있다 　한국 친구가 있지만 자주 만날 수 없어요.
雖然我有韓國朋友，但無法常常碰面。

먹다 　저는 생선을 먹지만 고기를 안 먹어요.
我吃魚，但我不吃肉。

보고 싶다 　그 영화를 보고 싶지만 시간이 없어요.
我雖然想看那部電影，但我沒有時間。

　　如果要表達過去，在–지만前面加上表過去的–았 / 었而為–았 / 었지만。

작다 　어렸을 때 키가 작았지만 지금은 키가 커요.
我小時候個子矮，但現在個子高。

보다 　영화를 봤지만 제목이 생각 안 나요.
雖然看了電影，但不記得電影名稱。

먹다 　아까 점심을 먹었지만 배가 고파요.
雖然剛才吃過中餐，但我肚子餓。

1~4 閱讀以下的句子後，選出適當的答案。

1. 시간이 있지만　① 돈이 있어요.
　　　　　　　　　② 돈이 없어요.

2. 한국 음식을 좋아하지만　① 김치를 먹을 수 있어요.
　　　　　　　　　　　　② 김치를 먹을 수 없어요.

3. 어제 친구를 기다렸지만　① 친구가 왔어요.
　　　　　　　　　　　　② 친구가 안 왔어요.

4. 부산에 안 갔지만　① 제주도에는 갔어요.
　　　　　　　　　　② 제주도에는 안 갔어요.

5~9 請用–지만完成以下句子。

5. 이 구두가 정말 멋있어요. 하지만 너무 비싸요.
　　　　　　→

6. 한국어를 많이 공부하고 싶어요. 하지만 시간이 없어요.
　　　　　　　→

7. 비빔밥이 매워요. 하지만 맛있어요.
　　　　→

8. 어제 숙제를 했어요. 하지만 안 가져 왔어요.
　　　　　→

9. 약을 먹었어요. 하지만 효과가 없어요.
　　　　→

解答 p.278

文法練習

108.mp3

-지만 前後連接兩個相反的子句。

2층에 남자 화장실이 없지만
여자 화장실이 있어요.

二樓雖然沒有男洗手間，
但有女洗手間。

주말에 사람이 많지만
주중에 사람이 많지 않아요.

週末人很多，
但週間人不多。

평일에 일찍 일어나지만
주말에 늦게 일어나요.

我平日很早起床，
但週末很晚才起床。

-았 / 었지만 說一些與自己期待相反的話。

운동했지만 살이 안 빠져요.

雖然我有運動，但我沒有變瘦。

밥을 먹었지만 아직도 배고파요.

我吃過飯，但還是肚子餓。

커피를 마셨지만 자고 싶어요.

雖然喝了咖啡，但還是想睡覺。

한국어를 공부했지만 아직 어려워요.

雖然學了韓語，但還是覺得難。

▶ **補充單字**

• **運動相關字彙**
탈의실　更衣室
샤워실　淋浴間
사물함 (로커)　置物櫃
운동복　運動服
운동화　運動鞋
수건　毛巾

수건　운동복

샤워실　　탈의실

109.mp3

時間＋부터　時間＋까지　談論一段時間。

언제부터 언제까지 휴가예요?

➡ 수요일부터 금요일까지 휴가예요.

며칠부터 며칠까지 여행 가요?

➡ 23일부터 26일까지 여행 가요.

몇 시부터 몇 시까지 가게를 해요?

➡ 아침 9시부터 저녁 8시까지 해요.

你從什麼時候休到什麼時候？

➡ 從星期三休到星期五。

你幾號到幾號要去旅行？

➡ 我23號到26號去旅行。

你們從幾點開到幾點？

➡ 早上9點開到晚上8點。

죠?　驗證某些事情。

주말에 사람이 많죠?

➡ 네, 주말에 사람이 많아요.

사물함이 있죠?

➡ 네, 사물함이 있어요.

휴일에 문을 닫죠?

➡ 네, 휴일에 문을 닫아요.

週末人很多吧？

是的，週末人很多。

有置物櫃吧？

有的，有置物櫃。

假日沒有開吧？

是的，假日沒有營業。

發音小訣竅

몇 시 [멷 씨]

110.mp3

子音ㄷ、ㅌ、ㅅ、ㅈ、ㅊ、ㅎ作為終聲時皆發「ㄷ」的音，因此몇讀作「멷」。當終聲子音ㄱ、ㄷ、ㅂ後面接初聲子音ㄱ、ㄷ、ㅂ、ㅅ、ㅈ時，初聲子音會硬音化發 [ㄲ、ㄸ、ㅃ、ㅆ、ㅉ] 的音。시的初聲ㅅ在몇之後發「ㅆ」的音，所以몇 시應讀作 [멷 씨]。

例 몇 분 [멷 뿐] 몇 장 [멷 짱]

Coffee Break

時間的常用表現

場景7的時候我們學了如何用助詞來表示一個範圍。在本課對話中，一個月的總金額為「한 달에 10만 원이에요」。如果你每月支付相同金額，你可以說매달 10만 원이에요。了解像是매일（每日）、매주（每週）、매달（每個月）、매년（每年）等單字是有幫助的。

韓國節日

　　韓國國定假日是以日期為訂定標準。除了少數例外情形，否則即便周末與國定假日重疊也不會另外補假。所以當新年度日曆公告時，韓國人會用紅色標記國定假日。讓我們來了解韓國的節日吧。

　　韓國慶祝的節日有農曆節日跟國曆節日，包括설날（農曆大年初一）、신정（元旦，國曆1月1日）和추석（中秋節，農曆8月15日）。설날和추석的情況是，설날和추석的前一天跟後一天也被視為法定假日。

　　還有一些國定假日是慶祝特定歷史或宗教的節日。韓國國定假日按時間順序排列如下。

- 양력설（國曆1月1日）：元旦。國曆新年。
- 삼일절（國曆 3 月 1 日）：三一節。紀念 1919 年3月1日韓國發表脫離日本殖民統治宣言的獨立運動紀念日。
- 석가탄신일（農曆4月8日）：釋迦誕辰日。紀念釋迦摩尼佛誕生的日子
- 어린이날（國曆5月5日）：兒童節。家人與孩子共度時光的日子
- 현충일（國曆 6 月 6 日）：顯忠日。為了紀念為戰爭中犧牲的將士和殉國先烈們的忠誠而定的日子。
- 광복절（國曆8月15日）：光復節。紀念1945年二次大戰結束後，韓國重新找回國家獨立主權的日子。
- 개천절（國曆10月3日）：開天節。紀念西元前2333年檀君建立古朝鮮的日子。
- 한글날（國曆10月9日）：韓文節。紀念朝鮮世宗大王於1946年頒布「訓民正音」的日子。
- 성탄절（國曆12月25日）：聖誕節。紀念耶穌基督誕生的日子。

在郵局

寄包裹

비행기로 보내시겠어요?

要寄空運嗎？

POST OFFICE 우체국

蘇珊　郵局職員

111_N.mp3

수잔 　택배를 보내고 싶어요.

직원 　어디로 보내실 거예요?

수잔 　호주로 보낼 거예요.

직원 　택배를 비행기로 보내시겠어요?
　　　배로 보내시겠어요?

수잔 　시간이 얼마나 걸려요?

직원 　비행기는 3~4일, 배는 1~2달쯤 걸려요.

수잔 　그럼, 비행기로 보낼게요.

직원 　알겠습니다.

蘇珊　我想寄包裹。

員工　您要寄到哪裡？

蘇珊　我要寄到澳洲。

員工　您的包裹要寄空運
　　　還是海運？

蘇珊　要花多久時間？

員工　空運大約三到四
　　　天，海運大約一到
　　　兩個月。

蘇珊　那我寄空運。

員工　好的。

택배　宅配
보내다　寄送
호주　澳洲
비행기　飛機
배　船
걸리다　花費（時間）
은/는　助詞，表強調
일　天、日

▶ 新表現

어디로 보내실 거예요?
您要寄到哪裡？

비행기로 보내시겠어요?
您要寄空運嗎？

배로 보내시겠어요?
您要寄海運嗎？

시간이 얼마나 걸려요?
要花多久時間？

비행기로 보낼게요.
我要寄空運。

▶ 重點解析

❶ 助詞은 / 는
放在名詞後面強調對比

比較兩個或更多事物時，可以在事物的後面加上은 / 는來強調比較。當名詞以母音結尾時，用는；以子音結尾時，用은。在本課課文對話中，為了對比空運跟海運而使用助詞은 / 는。使用這個助詞就像是用手指指著該事物，當你比較他們時，語調會輕微上揚。

Ex. 한국 사람은 매운 음식을 잘 먹는데 제 한국 친구는 매운 음식을 잘 못 먹어요.
韓國人很會吃辣，但我的韓國朋友不會吃辣。

❷ 如何表達時間段
表達時間段3－4日或1－2個月

表達時段時，數字經常會寫在일（日）、주（週）、년（年）之前，並以漢字數字表達；但在달（月）之前的數字是使用固有數字。本課對話中，3-4일讀作삼사 일；1-2달讀為 한두 달。如果不是連續數字，可以使用助詞에서，例如3-7일（讀作삼일에서 칠일）、2-5달（두 달에서 다섯 달）。

Ex. 일주일에 2–3번 (두세 번) 운동해요.
我一週運動2-3次。

Ex. 배로 3–5달 (세 달에서 다섯 달)쯤 걸려요.
搭船大約會花3-5個月。

小叮嚀

● 表達日期

讀韓語日期時，通常會使用漢字數字。用韓語表達日期時，時間單位通常由小讀到大，如년／월／일（年／月／日）。

年	月	日
2021년	10월	10일
이천이십일 년	시 월	십 일

월 月			
1월	2월	3월	4월
5월	▶6월	7월	8월
9월	▶10월	11월	12월

▶ 例外
▶ 6월(유월)
▶ 10월(시월)

(!) 注意
用韓語讀年份時，會讀作「천구백칠십삼 년（一千九百七十三年）」，而不是「일구칠삼 년（一九七三年）」。

(!) 注意
請注意以下發音。
6(육)년 [융년]　8(팔)년 [팔련]　10(십)년 [심년]

文法焦點

文法表 p.272

表達意圖：-겠 與 - (으) ㄹ게요

　　-겠用來表達話者的意圖或意志。不論動詞語幹以母音或子音結尾，使用時直接在動詞語幹後接-겠。因為有-겠的陳述句主語通常是第一人稱，所以-겠的句子通常會省略主語「我（저는或제가）」。

| 시작하다 | 오늘부터 운동을 시작하겠어요. | 我從今天開始要運動。 |
| 읽다 | 앞으로 매일 30분씩 책을 읽겠습니다. | 以後我每天要看30分鐘的書。 |

　　-겠在陳述句中用來表達話者意圖；在疑問句中用來表達聽者意圖。在詢問比自己年長或地位較高者的意圖時（例如商店員工與顧客交談），-겠會與- (으) 시一起使用以表示敬意，並寫為- (으) 시겠어요。當動詞語幹以母音結尾時，使用-시겠어요；以子音結尾時，使用-으시겠어요。如-으시겠어요使用在疑問句，句尾語調要上揚。在回答問題時，請使用-겠。日常生活中，人們經常用- (으) ㄹ게요代替-겠。當動詞語幹以母音結尾，與-ㄹ게요一起使用；當動詞語幹以子音結尾，與-을게요一起使用。

보다	A 어떤 영화를 보시겠어요?	您想看哪種電影？
	B 저는 코미디 영화를 보겠어요. (= 볼게요)	我要看喜劇片。
앉다	A 소파에 앉으시겠어요?	您要坐沙發嗎？
	B 아니요, 저는 의자에 앉겠어요. (= 앉을게요)	不，我坐椅子就好。

　　有些動詞（먹다、마시다、있다、자다、말하다）會與- (으) 시一起使用以表達敬意。

| 먹다 | A 어떤 걸로 드시겠어요? | 您想吃什麼？ |
| | B 저는 불고기를 먹겠어요. (= 먹을게요.) | 我要吃烤肉。 |

! 注意

- (으) ㄹ게요與未來時制- (으) ㄹ 거예요很相似，但意思不同。- (으) ㄹ 거예요用來描述未來會發生的事情，或提及計畫、行程等。- (으) ㄹ게요用來描述話者的意向、意圖，表達話者向他人承諾的決心或意志。

Ex 제가 커피를 살게요. 我會買咖啡。

Ex 내일 저는 친구한테 커피를 살 거예요. 明天我會買咖啡給朋友。

練習題

1~4 請用-겠-或-（으）ㄹ게요完成以下句子。

Ex. 저는 이제부터 한국어를 열심히 <u>공부하겠습니다/공부할게요</u>.
（공부하다）

1. 저는 매일 아침에 일찍 _____.
（일어나다）

2. 앞으로 채소를 많이 _____.
（먹다）

3. 이제부터 열심히 책을 _____.
（읽다）

4. 한국 사람하고 영어로 _____.
（말하지 않다）

5~7 看圖並用-（으）시겠어요完成以下對話。

1.

A 어떤 색 가방을 _____ ?
B 저는 빨간색 가방을 살게요.

2.

A 어떤 옷을 _____ ?
B 양복을 입을게요.

3.

A 어떤 영화를 _____ ?
B 저는 이 영화를 볼게요.

4.

A 뭐 _____ ?
B 저는 커피를 마실게요.

解答 p.278

文法練習

112.mp3

- (으) 시겠어요?, - (으) ㄹ게요   詢問和回答意圖。

무슨 커피를 드시겠어요?　　　　　您要喝什麼咖啡？

➡ 따뜻한 커피를 마실게요.　　　　➡ 我要喝熱咖啡。

무슨 영화를 보시겠어요?　　　　　您要看什麼電影？

➡ 코미디 영화를 볼게요.　　　　　➡ 我要看喜劇片。

무슨 음악을 들으시겠어요?　　　　您要聽什麼音樂。

➡ 한국 음악을 들을게요.　　　　　➡ 我要聽韓國音樂。

다음에 - (으) ㄹ게요   向他人許諾。

감사합니다. 다음에 제가 밥을 살게요.　　　謝謝，下次我請客。

감사합니다. 다음에 제가 집에 초대할게요.　謝謝，下次邀請你來我家玩。

미안합니다. 다음에 늦지 않을게요.　　　　對不起，我下次不會遲到了。

반갑습니다. 다음에 꼭 연락할게요.　　　　很高興見到你，我下次一定會跟你聯繫。

▶ 補充單字

● 郵局相關字彙

택배　宅配
편지　信件
엽서　明信片
등기　掛號
보내는 사람　寄件者
받는 사람　收件者

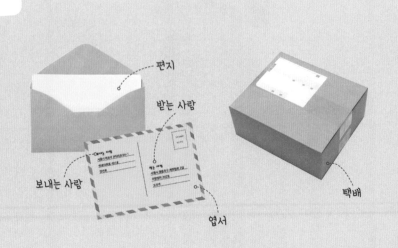

名詞＋에 따라 달라요　　談到變量。

값이 얼마예요?　　　　　　　　　　價格是多少?

➡ 무게에 따라 달라요.　　　　　　➡ 會根據重量有所不同。

시간이 얼마나 걸려요?　　　　　　要花費多久時間?

➡ 가격에 따라 달라요.　　　　　　➡ 會根據價格而有所不同。

김치 맛이 어때요?　　　　　　　　辛奇的味道如何?

➡ 지역에 따라 달라요.　　　　　　➡ 不同的地區味道不一樣。

名詞＋말고 다른 거 있어요?　　提出其他要求。

비행기 말고 다른 거 있어요?　　　不要搭飛機,有別的交通方式嗎?

커피 말고 다른 거 있어요?　　　　不要咖啡,有別的飲料嗎?

이거 말고 다른 거 있어요?　　　　不要這個,有別的嗎?

저거 말고 다른 거 있어요?　　　　不要那個,有別的嗎?

發音小訣竅

114.mp3

걸려요 [걸려요]

子音ㄹ會根據不同情況而發不同的音。當ㄹ為一個音節的初聲時,它的發音接近「r」;當ㄹ為終聲子音時,它的發音接近「l」。然而,當ㄹ為初聲子音並接在終聲子音ㄹ之後時,第一個ㄹ發「l」,第二個ㄹ發「ll」。

例 골라요 [골라요]　　이걸로 [이걸로]

Coffee Break

掛號信:등기

如果擔心郵件寄丟的話,請嘗試등기,它可以讓你追蹤信件。在郵局,你可以說등기로 해 주세요(請掛號寄出郵件)並支付등기 수수료(掛號信郵資)。但建議先檢查申報價值,因為郵資會根據重量與掛號信件所花費的時間來計算。

韓國配送文化

　　韓國人做事情喜歡講求快，因為他們有빨리빨리（快點快點）文化。在人口密集的城市生活中，快速到貨被視為非常重要的優點。譬如網購商品的物流配送，各家公司皆以快速到貨為榮，這樣的快速到貨服務通常被稱為총알배송（子彈配送）。其他還有당일배송（當日送達）跟새벽배송（傍晚下單，次日凌晨送達）等，這些用語都已被使用很長一段時間。在韓國，大家會覺得下單後2－3天才發貨的配送速度很慢。有些人認為，2020年COVID－19大流行時，韓國之所以沒有出現生活必需品短缺危機，是因為快速配送服務商業化。

　　而韓國的美食外送服務也以快速、準時送達聞名。即使外送地點是沒有確切地址的公園、住家或工作場所，點餐者也能在最短的時間準確收到外送餐點。在廣闊的漢江公園裡，外送員能在眾多人群中正確、快速將食物送到點餐人的手中是一件讓人讚嘆的事情。

　　韓國的網路安裝服務速度也很快，極少發生電信業者沒在客戶申請網路當天前往安裝的事。對韓國人來說，申請當日完成安裝是很理所當然的。韓國的快速到貨配送文化，對生活忙碌的韓國人來說非常重要。在這個追求快速便利的時代，빠름（快速）被認為是一個優點。

第5章
解決生活中的問題

場景17 在醫院

場景18 在服飾店

場景19 在家裡

場景20 在失物招領中心

장 메이 (중국)
蔣梅（中國人）

第5章

解決生活中的問題

在醫院

說明症狀

열도 있고 콧물도 나요.

發燒而且流鼻涕。

梅　醫生

115_N.mp3

의사	어떻게 오셨어요?
메이	목이 아파서 왔어요.
의사	다른 데는 괜찮아요?
메이	열도 있고 콧물도 나요.
의사	언제부터 그랬어요?
메이	3일 전부터요.
의사	좀 쉬어야 돼요. 약을 먹고 3일 후에 다시 오세요.

醫生	您哪裡不舒服?
梅	我喉嚨痛。
醫生	其他都沒有不舒服嗎?
梅	還有發燒跟流鼻水。
醫生	什麼時候開始的?
梅	三天前開始的。
醫生	您得好好休息。請按時服藥,三天後再回診。

▶ 新單字

목　脖子
아프다　痛
데　地方、處所、情況
열　發燒
콧물　鼻水、鼻涕
나다　出、冒、長
언제부터　什麼時候開始
전　之前
약　藥
약을 먹다　吃藥、服藥
다시　再次

▶ 新表現

어떻게 오셨어요?
您哪裡不舒服？

다른 데는 괜찮아요?
其他都沒有不舒服嗎？

열도 있고 콧물도 나요.
發燒還有流鼻水。

언제부터 그랬어요?
什麼時候開始的？

3일 전부터요.
三天前開始的。

다시 오세요.　請回診。

▶ 重點解析

❶ 어떻게 오셨어요?
詢問拜訪的目的

어떻게 오셨어요? 可以被用來表示兩件事情。一個是用來詢問你是用什麼樣的方式到達目的地；另一個是詢問拜訪的目的。本課對話中用的是第二種意思，意指醫生詢問病患為什麼來醫院。問題어떻게 오셨어요? 主要用於詢問某人拜訪公共機關的目的。

Ex. A 어떻게 오셨어요? 您哪裡不舒服？
　　B 소화가 안돼서 왔어요.
　　　我覺得自己好像消化不良。

❷ 助詞은 / 는
表強調

助詞은 / 는用來強調特定名詞。本課對話中，病人因為喉嚨痛來醫院看病，醫生聽完病人的描述後強調了다른 데（其他部位），詢問病患除了喉嚨痛以外是否有其他不舒服的症狀。當助詞은 / 는與主格助詞이 / 가或受格助詞을 / 를一起使用時，主格助詞、受格助詞會被省略，只使用助詞은 / 는。然而，當은 / 는跟主格助詞、受格助詞以外的助詞如에、에서一起使用時，這些助詞就不能省略，而且還要一起使用（如에는、에서는）。

Ex. A 머리가 너무 아파요. 我頭好痛。
　　B 그래요? 약은 먹었어요?
　　　真的嗎？ 藥吃了嗎？

小叮嚀

• 表示身體部位

이마（額頭）　　머리（頭髮、頭）
귀（耳朵）　　눈（眼睛）
코（鼻子）　　입（嘴）
어깨（肩膀）
배（腹部）　　가슴（胸部）
손가락（手指）　　손목（手腕）
발목（腳踝）

눈썹（眉毛）
이（牙齒）　　입술（嘴唇）
등（背）　　목（脖子、喉嚨）
팔（手臂）
손（手）　　허리（腰、下背部）
무릎（膝蓋）
발（腳）　　다리（腿）
발가락（腳趾）

文法表 **p.272**

−고 和、且

　　−고用來列出事件、動作、條件或事實。這邊講的−고跟連接副詞그리고一樣，都是用來連接兩個句子使其成為一個句子。不論動詞、形容詞語幹是以母音或子音結尾，−고都是直接接在動詞、形容詞語幹之後。列舉事物時，有時會用도來強調重複。

| 좋아하다 | 사과도 좋아하고 배도 좋아해요. | 我喜歡蘋果，也喜歡水梨。 |

| 재미있다 | 한국어 공부도 재미있고 한국 생활도 재미있어요. |

韓語學習很有趣，韓國生活也很有趣。

| 오다 | 비도 오고 바람도 불어요. | 下雨又颳風。 |

| 있다 | 열도 있고 콧물도 나요. | 發燒然後還流鼻水。 |

　　−고還能被用來連接連續動作。在連接過去的連續動作時，會與表過去的−았/었一起連接−고。儘管時制不同，但−고的型態相同。

| 현재 | 보통 밥을 먹고 산책해요. | 通常吃飯後會散散步。 |

| 과거 | 어제 밥을 먹고 산책했어요. | 昨天吃飯後去散了步。 |

| 미래 | 내일 밥을 먹고 산책할 거예요. | 明天吃飽飯會去散步。 |

練習題

1~3 看圖並用-고完成以下句子。

Ex.

→ 이 음식은 __싸고__ 맛있어요.

싸다 + 맛있다

1.

→ 메이는 보통 _____ 10분 쉬어요.

운동하다 + 쉬다

2.

→ 메이는 _____ 머리가 아파요.

먹다 + 마시다

3.

→ 메이는 어제 저녁을 _____ 녹차를 마셨어요.

춥다 + 마시다

4~8 請用-고完成以下句子。

Ex. 친구하고 같이 식사해요. 그리고 얘기해요.   → 식사하고

4. 보통 오후에 커피를 마셔요. 그리고 일을 시작해요.   →

5. 주말에 영화를 봐요. 그리고 저녁을 먹어요.   →

6. 어제 일이 끝났어요. 그리고 친구를 만났어요.   →

7. 지난주에 편지를 썼어요. 그리고 우체국에서 편지를 보냈어요. →

8. 한국어를 배울 거예요. 그리고 한국에서 일할 거예요.   →

解答 p.278

文法練習

116.mp3

名詞도 –고 名詞도… 列舉。

몸이 어때요 ? | 身體怎麼樣？
➡ 머리도 아프고 목도 아파요. | ➡ 頭也痛，喉嚨也痛。
여행이 어때요? | 旅行怎麼樣？
➡ 날씨도 좋고 음식도 맛있어요. | ➡ 天氣好，食物也很美味。
보통 주말에 뭐 해요? | 你通常周末做什麼？
➡ 운동도 하고 친구도 만나요. | ➡ 運動然後跟朋友見面。

-고 - (으) 세요 向他人提供建議。

약을 먹고 푹 쉬세요. | 請服藥然後好好休息。
30분씩 운동하고 채소를 자주 드세요. | 請運動半小時然後多吃蔬菜。
책을 읽고 사람들하고 얘기해 보세요. | 請讀一本書，然後跟人們聊聊這本書。
회원 가입하고 인터넷으로 예약하세요. | 請加入會員然後用網路預約。

▶ 補充單字

• 症狀相關字彙

 감기에 걸리다
(감기에 걸렸어요.)
感冒

 목이 붓다
(목이 부었어요.)
喉嚨腫起來

 기침이 나다
(기침이 나요.)
咳嗽

 다리를 다치다
(다리를 다쳤어요.)
腿受傷

 소화가 안되다
(소화가 안돼요.)
消化不良

 어지럽다
(어지러워요.)
暈眩

會話練習

117.mp3

時間＋부터　描述症狀。

어제부터 머리가 아파요.　　我從昨天開始頭痛。

일주일 전부터 소화가 안돼요.　　我一周前開始消化不良。

며칠 전부터 기침이 나요.　　我從前幾天開始咳嗽。

작년부터 어깨가 아파요.　　我從去年開始肩膀痛。

– (으) 면 어떡해요？　問醫生。

잠이 안 오면 어떡해요?　　睡不著的話怎麼辦？

계속 열이 나면 어떡해요?　　一直發燒的話怎麼辦？

알레르기가 있으면 어떡해요?　　過敏的話怎麼辦？

아침에 일어날 수 없으면 어떡해요?　　早上爬不起來的話怎麼辦？

發音小訣竅

118.mp3

콧물 [콘물]

當終聲發音為〔ㄱ、ㄷ、ㅂ〕的終聲子音後面接初聲子音ㄴ、ㅁ時，〔ㄱ、ㄷ、ㅂ〕會鼻音化發〔ㅇ、ㄴ、ㅁ〕的音。上述例子中，콧的終聲子音ㅅ發〔ㄷ〕的音，물的初聲子音為ㅁ，ㄱ＋ㅁ產生鼻音化變成〔ㄴ＋ㅁ〕，因此콧물讀作〔콘물〕。

例 냇물 [낸물] 햇님 [핸님]

☕ Coffee Break

醫師與護理師的稱呼

在韓國會使用許多不同的稱呼。선생님通常被用來稱呼尊敬的人，儘管對方的職業與教師無關。特別是在醫院工作的醫生或護理師，病人會稱呼他們為의사 선생님或간호사 선생님。這些稱呼非常常見，如果你沒有加上선생님，他們可能會覺得不受尊重。

韓國檢疫：韓國的醫療服務與健保制度

2020年COVID－19大流行期間，韓國的檢疫系統引起全世界的關注。可以說，由國家主導的細緻入微檢疫系統藉由快速準確的診斷試劑、全國醫療院所充足的床位、首創的得來速檢測以及及時公佈患者感染病毒的區域現況，展現出其真正的價值。

韓國的優質醫療服務是韓國防疫成功的另一個原因。特別是，韓國的醫療水準足以得到世界公認。在韓國，醫生各個都是在激烈的大學入學考試中名列前茅，極為優秀的人物。除了綜合醫院外，每個社區都有許多醫生，因此人們選擇醫院很方便。

但最重要的是，國民健康保險在韓國檢疫時期大放異彩。國民健康保險是一種公共健康保險，被視為社會保障制度的一部分。雖然保費會根據收入不同而有所不同，但國民健康保險是社會保障制度，為人民提供了巨大福利。即使在2020年COVID－19爆發期間，國家主導的醫療服務也是由國家承擔診斷和治療費用，這體現了國家主導醫療服務的真正性質。即使韓國人有感冒等輕微症狀，國民健康保險也能讓韓國人經常獲得醫療服務，或是到醫院就診。65歲以上老人即使在當地診所接受治療，也只需要支付不到2000韓元的費用。不僅韓國人，在韓國滯留六個月以上的外國人也可加入國民健康保險。

在服飾店
要求換其他衣服

옷이 조금 크니까
한 치수 작은 사이즈로 주세요.

衣服有點大，請給我小一號。

梅　　服飾店店員

119_N.mp3

직원	어서 오세요. 뭐 찾으세요?
메이	노란색 바지 좀 보여 주세요.
직원	여기 있어요.
메이	이거 입어 볼 수 있어요?
직원	그럼요. 이쪽으로 오세요. *(試穿後)* 마음에 드세요?
메이	디자인이 마음에 들어요. 그런데 옷이 조금 크니까 한 치수 작은 사이즈 로 주세요.
직원	알겠습니다.

店員	歡迎光臨，請問要找什麼？
梅	我想看一下黃色褲子。
店員	在這邊。
梅	這可以試穿嗎？
店員	當然可以，這邊請。（試穿後）您有喜歡嗎？
梅	設計我很喜歡，可是衣服有點大，請幫我換小一號。
店員	好的。

▶ 新單字

뭐 什麼

찾다 找、尋找

노란색 黃色

바지 褲子

입다 穿

보다 看

마음에 들다 滿意、喜歡

옷 衣服

크다 大

치수 尺碼

작다 小

사이즈 尺寸

▶ 新表現

뭐 찾으세요?
請問要找什麼？

이거 입어 볼 수 있어요?
這可以試穿嗎？

마음에 드세요?
您滿意嗎？／您喜歡嗎？

디자인이 마음에 들어요.
設計我很喜歡。

한 치수 작은 사이즈로 주세요.
請給我小一號的。

▶ 重點解析

❶ 보다
助動詞用於表示「嘗試」

動詞보有「看」的意思，也有作為助動詞表「嘗試」的意思。其句型為-아／어 보다，通常用在動詞語幹之間。本課對話中，입어 볼 수 있어요被用來詢問店員是否能夠試穿。這邊如果沒用助動詞보다，將句子寫成입을 수 있어요，句意會完全不同，意思是「可以穿」。

Ex. 패러글라이딩이 무서워요. 하지만 해 보고 싶어요. 滑翔翼好可怕，但是我想試試看。

❷ 마음에 들다與좋아하다
我喜歡

마음에 들다有「喜歡、滿意」的意思，也與좋아하다同義，但用法不同。마음에 들다是指初次看到某物的印象很好。譬如在店裡看到某設計樣式，然後覺得喜歡時，可以說마음에 들다。換句話說，좋아하다是用來表示喜歡某物。譬如你特別喜歡某種顏色或某款樣式，會說좋아하다而不是마음에 들다。

Ex. 이 카페에 처음 갔어요. 카페 분위기가 마음에 들었어요. 我第一次去這家咖啡店。我很滿意咖啡店的氣氛。

Ex. 저는 음악을 좋아하고 제 친구는 영화를 좋아해요. 我喜歡音樂，我朋友喜歡電影。

• 表示顏色的字彙

小叮嚀

빨간색 紅色　　파란색 藍色　　노란색 黃色　　녹색 綠色　　검은색(까만색) 黑色　　흰색(하얀색) 白色　　금색 金色　　은색 銀色

주황색 橘黃色　　하늘색 天藍色　　베이지색 米色　　연두색 淺綠色　　분홍색 粉紅色　　갈색 咖啡色　　밤색 栗子色　　회색 灰色

文法焦點

文法表 p.273

– (으) 니까 表達原因

　– (으) 니까用來表示前半句的內容是後半句內容的原因。– (으) 니까把兩個表示原因與結果的句子，以副詞그러니까連接成一個句子。韓語中，– (으) 니까的前面永遠接表原因的子句，而表結果的子句總是寫在– (으) 니까的後面。– (으) 니까搭配動詞與形容詞一起使用。當動詞、形容詞語幹以母音結尾，用-니까；當動詞、形容詞語幹以子音結尾用-으니까。

오다　내일 손님이 오니까 집을 청소하세요.
明天有客人要來，請打掃家裡。

같다　가격이 같으니까 여기에 사인만 해 주세요.
因為價格一樣，請在這邊簽名就可以了。

　在表達過去事件或狀態的原因時，會將表過去的-았 / 었-與– (으) 니까一起使用，而為-았 / 었으니까。

되다　약속이 취소됐으니까 친구한테 전화해야 돼요.
約定取消了，必須打電話跟朋友說。

사다　선물은 제가 샀으니까 신경 쓰지 마세요.
禮物我買好了，請別擔心。

> **！注意**
> – (으) 니까與-아 / 어서用來表原因時，意思相近但用法不同。當你用– (으) 세요表命令、指示、請求、期望的理由還有向對方提出建議或請求時，不能使用-아 / 어서。這種情況必須使用– (으) 니까。
> [오다] 비가 오니까 우산을 갖고 가세요. (O)
> 　　　비가 와서 우산을 갖고 가세요. (X)
> 　　　因為下雨，所以請帶雨傘。
> [먹다] 조금 전에 저녁을 먹었으니까 다음에 같이 식사합시다. (O)
> 　　　조금 전에 저녁을 먹어서 다음에 같이 식사합시다. (X)
> 　　　因為我不久前才剛吃完晚餐，所以我們下次再一起吃吧。

1~4 請選出正確選項完成以下對話。

1. A 왜 피곤해요?

   B ＿＿＿＿＿＿＿＿＿＿＿ 피곤해요.

   ① 친구가 없으니까　② 날씨가 좋으니까　③ 어제 못 잤으니까

2. A 왜 빨리 가야 돼요?

   B ＿＿＿＿＿＿＿＿＿＿＿ 빨리 가야 돼요.

   ① 시간이 있으니까　② 주말을 좋아하니까　③ 약속에 늦었으니까

3. A 왜 오늘 만날 수 없어요?

   B ＿＿＿＿＿＿＿＿＿＿＿ 오늘 만날 수 없어요.

   ① 바쁘니까　② 잤으니까　③ 만나고 싶으니까

4. A 왜 밤에 커피를 마시면 안 돼요?

   B ＿＿＿＿＿＿＿＿＿＿＿ 밤에 커피를 마시면 안 돼요.

   ① 커피가 있으니까　② 잘 수 없으니까　③ 커피가 필요하니까

5~8 請從下列選項中選出正確答案，用-（으）니까完成句子。

여기는 비싸다	오늘은 다른 약속이 있다
아침에 길이 막히다	재미있는 영화를 하다

5. ＿＿＿＿＿＿＿＿＿＿＿ 내일 일찍 출발하세요.

6. ＿＿＿＿＿＿＿＿＿＿＿ 여기에서 사지 마세요.

7. ＿＿＿＿＿＿＿＿＿＿＿ 다음에 식사할까요?

8. ＿＿＿＿＿＿＿＿＿＿＿ 그 영화를 봅시다.

解答 p.278 ▶

文法練習

120.mp3

– (으) 니까 – (으) 세요 解釋原因。

조금 비싸니까 싼 걸로 보여 주세요. 　　有點貴，請讓我看看便宜一點的。

옷이 작으니까 큰 옷으로 주세요. 　　衣服太小件，請給我大件的。

일주일이 지나면 환불할 수 없으니까 　　超過一個星期就無法退款，請在一周內過
일주일 안에 오세요. 　　來。

더우니까 에어컨을 켜 주세요. 　　有點熱，請開冷氣。

– (으) 니까 –아 / 어 보세요 工作人員向顧客推薦某商品。

이 색이 손님한테 잘 어울리니까 　　這個顏色很適合您，請試穿看看。
한번 입어 보세요.

이런 신발이 요즘 인기가 많으니까 　　最近這種鞋子很受歡迎，請試穿看看。
한번 신어 보세요.

이게 인기가 많으니까 한번 써 보세요. 　　這款很受歡迎，請試用看看。

▶ 補充單字

• 衣服相關字彙

가격　價格
품질　品質
사이즈 (= 크기)　尺寸
색　顏色
교환　換貨
환불　退款
반품　退貨

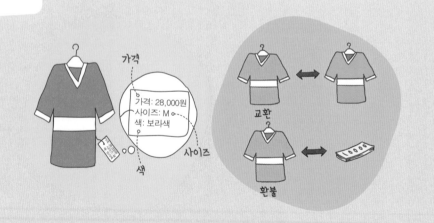

會話練習

121.mp3

名詞좀 보여 주세요　　向工作人員索取商品。

뭐 찾으세요?　　　　　　　　　　　您要找什麼呢？

➡ 바지 좀 보여 주세요.　　　　　　➡ 請讓我看一下褲子。

➡ 운동화 좀 보여 주세요.　　　　　➡ 請讓我看一下運動鞋。

➡ 모자 좀 보여 주세요.　　　　　　➡ 請讓我看一下帽子。

➡ 스카프 좀 보여 주세요.　　　　　➡ 請讓我看一下圍巾。

-아 / 어 볼 수 있어요?　　尋求工作人員的許可。

바지를 입어 볼 수 있어요?　　　　我可以試穿一下褲子嗎？

운동화를 신어 볼 수 있어요?　　　我可以試穿一下運動鞋嗎？

모자를 써 볼 수 있어요?　　　　　我可以試戴一下帽子嗎？

스카프를 해 볼 수 있어요?　　　　我可以圍圍看這條圍巾嗎？

發音小訣竅

122.mp3

흰색 [힌색]

母音ㅢ單獨發音的時候會讀「의」。然而，當初聲子音擺在ㅢ之前，母音ㅢ會讀作〔이〕。如上述例子，當子音ㅎ出現在의之前，如희，희應該要讀作〔히〕。

例 희망 [히망] 띄어쓰기 [띠어쓰기]

 Coffee Break

服務相關問題

詢問有提供哪些服務時，在服務後面添加되다。例如，買東西的時候詢問是否能夠換貨可以說교환돼요？（可以換貨嗎？）。同樣地，詢問是否能退款可以說환불돼요？如果需要包裝禮物，可以說포장돼요？假如店裡缺貨但仍然可以訂購，可以問배달돼요？（可以宅配嗎？）

韓國人的群體文化

　　韓國人傾向於群體文化。但因為韓國有著消及的移民政策，所以輕易就能夠找到膚色、衣服與髮型相似的人。辦公室的人員都穿著黑、灰或深色西裝。雖然女性可以隨意穿著任何她們喜歡的服裝，但她們會根據流行趨勢選擇穿類似的款式。許多人也都會畫類似的妝容，因為是流行款。國中生與高中生則會集體穿著校服、便服或運動服。有很多人都會染髮，即使是上了年紀的人也很少看到他們滿頭白髮。韓國街道兩旁也經常停著黑色、灰色與白色的汽車。

　　不僅如此。超過 90% 的韓國高中生會繼續讀大學。由於韓國非常重視教育，所以韓國人大約會從十歲左右開始上學。大多數的學生放學後都會去補習班，因而產生必須去補習班才能交朋友的笑話。女性約在20多歲時準備就業考試；而男性服兵役後找工作的年齡多半落在20多接近30歲的時候。至少在找工作之前，可以說一個人的年齡與他所承擔的責任是有相關聯性的。

　　無論是學校還是工作，韓國人都覺得加入群體很自在。所以，人們會比較喜歡那些性格友善且不會排斥加入團體的人。太特立獨行的人是很特別的，但這也是不被喜歡的原因之一。當然，在21世紀的韓國，年輕一代比較重視個性。不過，當年輕一代年紀變大時，他們還會繼續注重個性嗎？

在家裡

描述問題

이따가 출발할 때 연락해 주세요.

待會出發時請聯繫我。

梅　維修工人

123_N.mp3

직원	여보세요.
메이	311호예요. 수도가 고장 나서 전화했어요.
직원	어떻게 고장 났어요? 자세히 말해 주세요.
메이	물이 안 나와요. 빨리 와 주세요.
직원	그런데 수리 기사가 지금 없어요.
메이	그래요? 많이 기다려야 돼요?
직원	아니요, 수리 기사가 곧 올 거예요.
메이	그럼, 이따가 출발할 때 연락해 주세요.

員工	喂？
梅	我這邊是311（號房），我水管壞了所以打電話給您。
員工	請問是怎樣的壞掉？請說詳細一點。
梅	水龍頭不會出水，請快點過來。
員工	可是現在沒有水電師傅。
梅	是喔？要等很久嗎？
員工	不用，水電師傅馬上就會來。
梅	那待會出發時請聯繫我。

▶ 新單字

호　號房
수도　水管
고장 나다　故障
전화하다　打電話
자세히　仔細地、詳細地
물　水
빨리　快
수리 기사　水電師傅
기다리다　等待
곧　馬上
이따가　待會
출발하다　出發
연락하다　聯繫、通知

▶ 新表現

어떻게 고장 났어요?
請問是怎樣的壞掉？

자세히 말해 주세요.　請說詳細一點。
물이 안 나와요.　水龍頭不會出水。
빨리 와 주세요.　請快點過來。
많이 기다려야 돼요?　必須等很久嗎？
곧 올 거예요.　馬上就會來。
이따가 출발할 때 연락해 주세요.
待會出發時請聯繫我。

▶ 重點解析

❶ 나오다與나다

動詞나오다是指從內而外透過清晰的方式出現的東西。通常나오다主要與表示來源的助詞에서一起使用。本課對話中，動詞나오다被用來表達水從水龍頭流出來。換句話說，動詞나다是指從表面升起的東西。

ⓔ 지하철역 6번 출구에서 나오면 가게가 있어요.
　如果從地鐵六號出口出來，就能看到商店。
ⓔ 벌써 수염이 났어요.　我已經長出鬍鬚了。

❷ 이따가與나중에

副詞이따가與나중에是指話者當下往後推算的時間點，相當於中文的「待會、以後」。然而，이따가可以指說話當天裡的未來；나중에則是指遙遠的未來且時間點不確定，如同언제가。本課對話中，어느 정도 시간이 지난 후（經過一段時間後）屬於오늘的範圍，因此使用이따가而不是나중에。

ⓔ 이따가 다시 전화하세요.
　아마 회의가 1시간 후에 끝날 거예요.
　請等一下再打電話過來。
　會議應該一小時之後會結束。
ⓔ 우리 나중에 다시 만나요. 건강하세요.
　我們下次再見。請保重。

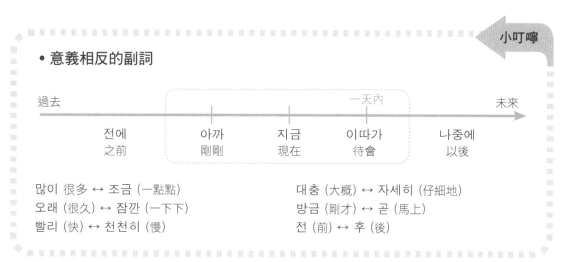

小叮嚀

• 意義相反的副詞

過去			一天內	未來
전에 之前	아까 剛剛	지금 現在	이따가 待會	나중에 以後

많이 很多 ↔ 조금 (一點點)　　대충 (大概) ↔ 자세히 (仔細地)
오래 (很久) ↔ 잠깐 (一下下)　　방금 (剛才) ↔ 곧 (馬上)
빨리 (快) ↔ 천천히 (慢)　　　전 (前) ↔ 후 (後)

文法表 **p.273**

－ (으) ㄹ 때 當…的時候

　　－ (으) ㄹ 때 用來表達談論某件事發生的同時，另一個動作或情況正在發生。－ (으) ㄹ 때可與動詞語幹或形容語詞幹一起使用。當動詞語幹或形容詞語幹以母音結尾，用-ㄹ 때；如果以子音結尾，用-을때。

쉬다	피곤할 때 쉬어야 해요.	累的時候必須休息。
끄다	영화를 볼 때 핸드폰 전원을 끄세요.	看電影的時候請把手機關機。
찍다	사진을 찍을 때 웃는 게 좋아요.	拍照時笑一下會比較好。
★듣다	친구 얘기를 들을 때 집중하세요.	聽朋友說話時請專心。
★춥다	날씨가 추울 때 스키 타러 가요.	天氣冷的時候去滑雪。

　　陳述過去的動作或情況時，表過去的-았 / 었-與- (으) ㄹ 때一起使用。 換句話說，-았 / 었을때是先語末語尾-았 / 었-跟文法- (으) ㄹ 때相結合的型態。

하다	옛날에 인도를 여행했을 때 그 친구를 만났어요.
	以前去印度旅行時遇見那位朋友。
받다	남자 친구한테서 선물을 받았을 때 기분이 정말 좋았어요.
	收到男朋友送的禮物時心情真的很好。

> **！注意**
>
> 如果搭配的是動作動詞가다和오다，使用現在時制及過去時制意思完全不同。갈 때和올 때指的是正在從一個點移動到另一個點的狀態；而갔을 때和왔을 때指的是從一個點移動到另一個點的狀態已經完成。讓我們透過以下例子來確認哪裡不同。
>
> Ex 회사에 갈 때 보통 지하철을 타요.
> 　　我通常搭地鐵去公司。（當你從家裡出發，尚未到達工作地點時）
> Ex 회사에 갔을 때 8시 30분이었어요.
> 　　到公司的時候已經8:30了。（當你到公司的時候）

1~3 選出正確選項以完成句子。

1. _____ 전화하면 안 돼요.

① 날씨가 나쁠 때　　② 운전할 때

③ 친구가 없을 때　　④ 행복할 때

2. _____ 이 케이크를 드세요.

① 커피를 마실 때　　② 수영할 때

③ 안경이 없을 때　　④ 화장실에 갈 때

3. _____ 여행 갑시다.

① 시간이 없을 때　　② 옷을 살 때

③ 어려울 때　　　　④ 날씨가 좋을 때

4~6 請從下列選項選出正確答案，用-（으）ㄹ 때完成以下對話。

| 대학교에 다니다 | 회사 면접을 보다 | 가족이 보고 싶다 | 일이 많이 있다 |

Ex. A 언제 가족한테 전화해요?

B ___가족이 보고 싶을___ 때 가족한테 전화해요.

4. A 언제 정장을 입어요?

B _____ 때 정장을 입어요.

5. A 언제 집에 늦게 가요?

B _____ 때 집에 늦게 가요.

6. A 언제 한국어 공부를 시작했어요?

B _____ 때 한국어 공부를 시작했어요.

解答 p.278

文法練習

124.mp3

– (으) ㄹ 때 –아 / 어 주세요 提出某項要求。

저한테 연락할 때 이메일을 보내
주세요.

聯繫我時請寄電子郵件。

한국어로 애기할 때 천천히 애기해
주세요.

用韓語說的時候請講慢一點。

사진을 찍을 때 "하나, 둘, 셋"이라고
말해 주세요.

拍照時請說「三、二、一」。

한국 음식을 만들 때 맵지 않게
해 주세요.

做韓國料理時請做不辣的。

– (으) ㄹ 때 어떻게 했어요? / 해야 돼요? 問問題。

집을 구할 때 어떻게 했어요?

你找房子的時候是怎麼找的？

길을 잃어버렸을 때 어떻게 했어요?

你迷路的時候是怎麼做的？

문제가 생겼을 때 어떻게 해야 돼요?

發生問題時我得怎麼處理？

한국어를 못 알아들을 때 어떻게
해야 돼요?

聽不懂韓語時我該怎麼辦？

▶ 補充單字

● 維修相關字彙

수리하다 (= 고치다) 修理
수리 기사 維修師傅、水電師傅
수리비 修理費
무료 免費
유료 付費
청구서 請款單

會話練習

125.mp3

名詞＋됐어요 表達該事情已發生多少時間。

언제 고장 났어요? 　　　　　什麼時候壞掉的？

➡ 1시간쯤 됐어요. 　　　　　大概壞了一個小時。

➡ 3일 됐어요. 　　　　　　　壞掉三天了。

➡ 일주일 됐어요. 　　　　　　壞掉一週了。

價格＋쯤 돼요 談論某事、某物的花費。

수리비가 얼마나 돼요? 　　　維修費是多少錢？

➡ 10만 원쯤 돼요. 　　　　　大約10萬元。

월세가 얼마나 돼요? 　　　　每個月的房租是多少錢？

➡ 50만 원쯤 돼요. 　　　　　大約50萬元。

표 값이 얼마나 돼요? 　　　　門票錢是多少？

➡ 20만 원쯤 돼요. 　　　　　大約20萬元。

發音小訣竅

126.mp3

올 거예요 [올 꺼예요]

當出現在句型-(으)ㄹ後面的音節初聲子音為ㄱ、ㄷ、ㅂ、ㅅ、ㅈ時，會硬音化發「ㄲ、ㄸ、ㅃ、ㅆ、ㅉ」的音。上述例子中，因為子音是ㄹ，所以거예요的ㄱ會發「ㄲ」。因此「올 거예요」應讀作「올 께예요」。

例 할 수 있어요 [할 쑤 이써요] 　할게요 [할께요]

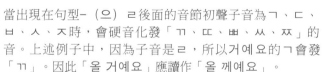

Coffee Break

簡單問題的描述

되다用來表達能夠達成某件事情，或某件事情有效果。如果沒有問題的話，使用돼요；如果有問題的話，使用안 돼요。例如洗衣機壞了，你可以簡單地說세탁기가 안 돼요。當然，你會需要知道很多詞彙來描述壞掉的情況，但請記住，當你想要表達某東西壞掉時，可以簡單地說안 돼요。

強調尊卑的韓國階級文化

韓國社會有一種強調位階尊卑的氛圍。對比自己年長的人要使用尊待語，不能直呼其姓名。即使對方沒有大你10歲，或只差3、4個月，又或者只大一歲，你都應該對對方使用尊待語以示尊重。因此，一個三月出生的人不能直呼早自己三、四個月或是早一年出生的人名字，而應稱呼對方형、누나、오빠、언니。

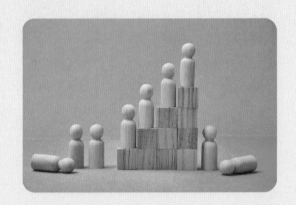

階級劃分的標準並非全都是以年齡為標準。學校裡學生會依高低年級按入學時間排列；軍隊裡則是依照入伍先後順序排列。舉例來說，假使你年紀大，可是比較晚讀大學，就必須遵守學校學長姊制的階級文化。在公司裡，年紀、幾年大學入學或當兵時的軍階都不重要，公司是依照上下階級排列的。歸根結底，韓國人顯然是按照對其所屬單位非常重要的階級制度來劃分彼此的階級。

韓國之所以如此強調位階尊卑，是因為韓國社會仍然保留儒家文化。階級文化的正面影響是降低社會成員間的衝突並加強社會團結；但負面影響則是必須無條件服從上位者，甚至是容忍上位者的無理要求。

在失物招領中心

描述丟失的東西

가방을 잃어버렸는데
어떻게 해야 돼요?

包包掉了,我該怎麼辦?

梅　　失物招領中心員工

127_N.mp3

직원	무엇을 도와 드릴까요?
메이	가방을 잃어버렸는데 어떻게 해야 돼요?
직원	어떤 가방이에요?
메이	파란색 작은 가방이에요.
직원	가방 안에 뭐가 있어요?
메이	책하고 여권이 있어요.
직원	지금 그런 가방이 없어요. 여기에 이름하고 연락처를 써 주세요. 가방을 찾으면 연락 드릴게요.

員工	請問需要什麼幫忙？
梅	我包包掉了，請問我該怎麼辦？
員工	請問是什麼樣的包包？
梅	是一個藍色小包包。
員工	包包裡面有什麼？
梅	有書跟護照。
員工	現在這裡沒有您說的那種包包。請在這邊寫下您的姓名跟連絡電話，如果有找到包包會聯繫您。

▶ 新單字

무엇 什麼
돕다 幫助
가방 包包
잃어버리다 遺失、丟失
어떤 什麼樣的
파란색 藍色
책 書
그런 那樣的
이름 姓名
연락처 連絡電話

▶ 新表現

무엇을 도와 드릴까요?
請問需要什麼幫忙？

어떻게 해야 돼요?
我該怎麼辦？

어떤 가방이에요?
是什麼樣的包包？

가방 안에 뭐가 있어요?
包包裡面有什麼？

여기에 이름하고 연락처를 써 주세요.
請在這裡寫下您的姓名跟連絡電話。

연락 드릴게요.
我們會聯絡您。

▶ 重點解析

❶ 어떤
詢問樣式

어떤擺在名詞之前，用來詢問特定對象的特徵或性質。在某些情況下，어떤可與무슨交替使用，但意思不同。무슨被用來詢問物體的種類；어떤被用來詢問物體的特徵。本課對話中，어떤被員工用來要求梅描述遺失包包的特徵。如果用무슨詢問，可以問包包的類型，像是遺失的包包是背包還是錢包。

Ex. 무슨 영화를 좋아해요?
喜歡什麼類型的電影？

Ex. 어떤 영화를 좋아해요? 喜歡哪一種電影？

❷ 이런 / 그런 / 저런
這種／那種／那種

이런 / 그런 / 저런用在名詞之前，表達所指對象的狀態、形狀和性質。跟場景2中學到的이 / 그 / 저一樣，이런 / 그런 / 저런 的使用也取決於話者與聽者之間的距離。이런用於所指物體、狀態離話者較近；저런用於所指物體、狀態離話者和聽者都很遠；그런用於所指物體、狀態離話者較遠，離聽者較近。且그런還可用來描述從聽者角度看不到的物體跟狀態。

小叮嚀

● 常用疑問詞

뭐 什麼：뭐 좋아해요? 你喜歡什麼？
무슨 什麼：무슨 색을 찾으세요? 您要找什麼顏色？
어떤 什麼樣的：어떤 사람이에요? 是什麼樣的人？
누구 誰：이분이 누구세요? 這位是誰？
누가 ：누가 사무실에 있어요? 誰在辦公室？
몇 多少：사람이 몇 명 있어요? 有多少人？
몇 幾：전화번호가 몇 번이에요? 電話號碼是幾號？
언제 什麼時候：언제 수업이 시작해요? 什麼時候開始上課？
어디 哪裡：어디에 살아요? 你住在哪裡？
얼마 多少：이거 얼마예요? 這個多少錢？
얼마나 多久：시간이 얼마나 걸려요? 要花多久時間？
얼마 동안 多久：얼마 동안 한국어를 공부했어요? 你學韓文學了多久？
어떻게 怎麼：어떻게 알았어요? 你怎麼知道的？
왜 為什麼：왜 그렇게 생각해요? 為什麼會那麼想？

文法焦點

文法表 p.274

– (으) ㄴ / 는데 解釋某情況

　　– (으) ㄴ / 는데被用來解釋背景，或是在詢問、向對方提供指示或建議之前介紹情況。– (으) ㄴ / 는데與動詞或形容詞一起使用，但使用的型態會根據連接的是動詞或形容詞有所不同。不管動詞語幹是母音或子音結尾，都連接–는데；當形容詞語幹以母音結尾，連接–ㄴ데；如果形容詞語幹以子音結尾，用–은데。

하다	친구가 식당을 하는데 같이 갑시다.
	我朋友在開餐廳，一起去吧。

찾다	제가 지금 핸드폰을 찾는데 좀 도와주세요.
	我現在在找手機，請幫幫我。

아프다	머리가 아픈데 혹시 약 있어요?　我頭痛，請問有藥嗎？

좋다	날씨가 좋은데 잠깐 밖에 나갈까요?
	天氣不錯，要不要稍微去外面走走？

　　不規則動詞（例如덥다、춥다）的語幹以ㅂ結尾，與은데連接時變為우。

★덥다	날씨가 더운데, 커피 대신에 시원한 주스를 마실까요?
	天氣熱，要不要喝清涼的果汁來代替咖啡？

　　在介紹過去事件或狀態的背景時，表過去的–았 / 었–能夠與–는데一起使用。因此，–았 / 었는데能夠與動詞或形容詞語幹一起使用。

보다	그 영화를 아직 못 봤는데 같이 봐요.
	我還沒看那部電影，一起看吧。

하다	어제 전화했는데 왜 전화 안 받았어요?
	我昨天打給你，你為什麼沒接？

1~3 請將左邊跟右邊的句子配對，並用-（으）ㄴ／는데完成句子。

Ex. 지금 사무실에 없어요 •

• ㉠＿＿＿＿＿＿＿ 조금 이따가 전화해도 돼요?

1. 오늘 날씨가 안 좋아요. •

• ㉡ _지금 사무실에 없는데_ 메모 남기시겠어요?

2. 지금 식사하고 있어요 •

• ㉢＿＿＿＿＿＿＿ 길을 좀 가르쳐 주세요.

3. 길을 잃어버렸어요 •

• ㉣＿＿＿＿＿＿＿ 다음에 같이 가요.

4~7 請從下方選項中選出正確答案，用-（으）ㄴ／는데完成以下對話。

> 내일은 시간이 없다　　　　한식이 먹고 싶다
>
> 식당에 갔다　　　　얘기하려고 했다　　　　숙제했다

Ex. A 숙제 주세요.

B 죄송합니다. ＿＿_숙제했는데_＿＿ 안 가져왔어요.

4. A 왜 식사를 못 했어요?

B ＿＿＿＿＿＿＿ 식당이 문을 안 열었어요.

5. A 내일 만날까요?

B 미안해요. ＿＿＿＿＿＿＿ 다음 주에 만나요.

6. A 오늘 식사하러 어디에 갈까요?

B ＿＿＿＿＿＿＿ 한식당에 가요!

7. A 마이클 씨한테 얘기했어요?

B 아니요, 어제 ＿＿＿＿＿＿＿ 마이클 씨를 못 만났어요.

解答 p.278 ➤

文法練習

- (으) ㄴ / 는데 + 疑問句　問別人問題。

신청서를 내야 되는데 어디에
내야 돼요?

我必須交申請書，請問我得去哪裡繳交？

한국어를 잘 못하는데 어떻게
공부해야 돼요?

我韓語不太好，請問我得怎麼學？

핸드폰을 잃어버렸는데 어떻게
해야 돼요?

我手機掉了，請問我該怎麼辦？

動作 + - (으) ㄴ / 는데，想法 / 感受　跟別人談論你的經驗。

산에 갔는데 경치가 정말
아름다웠어요.

我去爬山，景色真的很美。

한국 음식을 먹었는데 정말
맛있었어요.

我吃了韓國料理，真的很美味。

한국어를 공부하고 있는데
조금 어려워요.

我在學韓語，有點難。

▶ 補充單字

• 個人物品相關字彙

신분증　身分證
지갑　皮夾
현금　現金
서류　資料、文件
화장품　化妝品
핸드폰　手機
이어폰　耳機

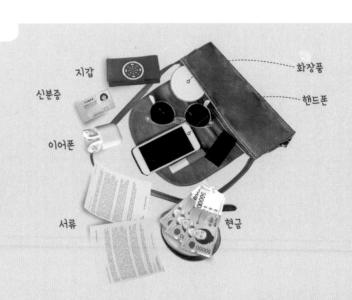

지갑
신분증
화장품
핸드폰
이어폰
서류
현금

會話練習

129.mp3

색 + 크기 / 재료 + 名詞 形容包包。

어떤 가방이에요? 是什麼樣的包包？

➡ 빨간색 작은 가방이에요. ➡ 紅色的小包包。

➡ 갈색 큰 가방이에요. ➡ 咖啡色的大包包。

➡ 검은색 가죽 가방이에요. ➡ 黑色皮革包包。

➡ 흰색 천 가방이에요. ➡ 白色布包。

名詞 + 이 / 가 있어요 談論你的東西是什麼。

가방 안에 뭐가 있어요? 包包裡面有什麼？

➡ 핸드폰이 있어요. 有手機。

➡ 핸드폰하고 여권이 있어요. 有手機跟護照。

➡ 여권만 있어요. 只有護照。

➡ 아무것도 없어요. 什麼都沒有。

130.mp3

發音小訣竅

연락처 [열락처]

ㄴ連接在ㄹ前後時發〔ㄹ〕的音。上述例子中，연的終聲子音ㄴ後面接락的ㄹ，ㄴ的發音會流音化從〔ㄴ〕變音為〔ㄹ〕。因此，연락讀作〔열락〕。

例 신라 [실라] 달나라 [달라라]

Coffee Break

遇到緊急情況時的常用表現

每個人都有需要幫助或援助的時候。當你遇到麻煩需要人協助時，請用韓語說도와 주세요。然而，在電影或電視節目中，你可能會在危急生命的情況下（譬如有人溺水，或有人向歹徒乞求手下留情）聽到「살려 주세요」。如果你不小心得罪了人，你也可以說한번만 봐 주세요請求對方原諒。

能提供幫助的部門機關

119安全問題回報中心

119 是緊急救援電話,在發生突發事故時為病人提供醫療援助並將其送往醫院,或在火災等災難中進行救援。119中心是所有國民皆能撥打的緊急電話號碼。撥打119時無需區碼。即使自己使用的電信業者沒訊號或手機未解鎖,都可以直接撥打。換句話說,只要手機還有電就可以報案。當外國人打119時,119中心的工作人員還會聯繫外部翻譯機構,透過三方通話接收報告。

112各類犯罪舉報中心

112是各類犯罪舉報中心。112報案既可透過通話也可透過簡訊進行,警方也會透過電話或簡訊回覆事件的處理情況。跟119一樣,112也是一個緊急救難號碼。因此撥打112不用輸入區碼,未解鎖的手機同樣可以報案。向112報案時,如果沒有明確證據證明報案人受到犯罪傷害,警方就不能隨意追蹤事件發生的地點。112只適用於舉報犯罪,無法處理緊急報案。如果是非刑事案件的警方投訴,則應撥打182。

1345 外國人資訊中心

1345是法務部提供的資訊中心,為居住在韓國的外國人提供民事投訴諮詢和適應韓國生活所需的行政訊息。居住在韓國的外國人拜訪行政機關時,會提供第三方口譯服務。電話諮詢服務也提供20種語言翻譯。在韓國境內任何地點,只要撥打1345(不用加區碼)並選擇所需語言,就可以用該語言諮詢。不過諮詢時間僅限政府機關工作時間,且夜間提供的語言服務相對有限。

第**6**章
在韓國旅遊

場景**21** 在酒店

場景**22** 在售票處

場景**23** 在旅遊景點

場景**24** 跟朋友聊天

폴 스미스 (캐나다)
保羅‧史密斯（加拿大人）

第6章

在韓國旅遊

在酒店

入住酒店

방을 예약했는데 확인해 주시겠어요?

我訂了房間，可以幫我確認一下嗎？

保羅　　旅行社職員

131_N.mp3

폴	방을 예약했는데 확인해 주시겠어요?
직원	성함이 어떻게 되세요?
폴	폴 스미스입니다.
직원	1205호입니다. 그런데 12시부터 체크인이 가능합니다.
폴	그래요? 그럼, 지금 나가야 하는데 가방 좀 맡아 주시겠어요?
직원	알겠습니다.
폴	여기 가방 부탁합니다.

保羅	我訂了房間，可以幫我確認一下嗎？
員工	請教尊姓大名？
保羅	保羅・史密斯。
員工	您的房間是1205號房。不過我們要中午12點過後才可辦理入住。
保羅	這樣啊？那，我現在必須外出，可以寄放包包嗎？
員工	好的。
保羅	這裡，包包麻煩您了。

▶ 新單字

방　房間
예약하다　預約
확인하다　確認
성함　姓名
체크인　入住
가능하다　可以、能夠
나가다　出去
맡다　代為保管、寄放
부탁하다　拜託、請託

▶ 新表現

예약을 확인해 주시겠어요?
可以幫我確認我的預約嗎?

성함이 어떻게 되세요?
請教尊姓大名?

12시부터 체크인이 가능합니다.
中午12點後才可辦理入住。

가방 좀 맡아 주시겠어요?
可以寄放包包嗎?

부탁합니다.
麻煩您了。

▶ 重點解析

① 성함이 어떻게 되세요?
詢問某人的姓名

韓語中要表達尊待時，動詞或形容詞會與-(으) 시一起書寫。有些在日常中經常使用的名詞也會被替換成其他表示尊待的特殊名詞。本課對話中，성함是이름的尊待語。因此，與其問이름이 뭐예요？不如用성함이 어떻게 되세요？此外，나이的尊待語是연세；생일的尊待語是생신；밥的尊待語是진지。

Ex. 할머니, 진지 드셨어요? 奶奶，您用餐了嗎?

Ex. 할아버지, 연세가 어떻게 되세요?
爺爺，請問您今年貴庚?

② 부탁합니다
有禮貌地詢問其他人

當想要正式地要求某人做某事時，先說出你想要求的內容然後說부탁합니다。本課對話中，保羅要求員工幫他保管包包並使用부탁합니다。當你想表現得更加有禮貌時，你可以用부탁 드립니다來代替부탁합니다。例如，要求某人打電話給你時，你可以說전화 부탁드립니다。

Ex. 지금 메일을 보냈습니다. 확인 부탁드립니다.
我現在把郵件寄給您了。麻煩您確認一下。

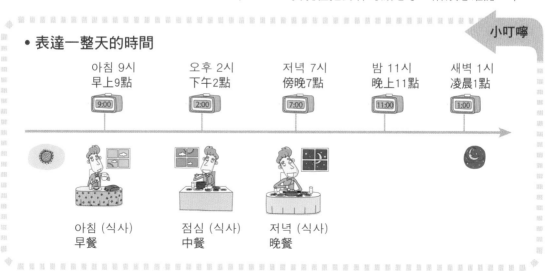

小叮嚀

• 表達一整天的時間

아침 9시 早上9點	오후 2시 下午2點	저녁 7시 傍晚7點	밤 11시 晚上11點	새벽 1시 凌晨1點
9:00	2:00	7:00	11:00	1:00

아침 (식사)　　점심 (식사)　　저녁 (식사)
早餐　　　　　中餐　　　　　晚餐

文法焦點

아 / 어 주시겠어요? 可以請你…？

　　-아 / 어 주시겠어요用於禮貌要求對方為你做某事。-아 / 어 주시겠어요與我們在場景1中學到的-아 / 어 주세요意思相同，但-아 / 어 주시겠어요是一種更正式且更有禮貌地要求他人為你做某事的態度。舉例來說，當你向第一次見到的人請求幫助或向認識的人提出困難的請求時，用-아 / 어 주시겠어요。-아 / 어 주시겠어요？搭配動詞一起使用，套用這個文法時，句尾語調略為上揚聽起來會更有禮貌。

| 말하다 | 다시 한번 말해 주시겠어요? | 您可以再說一遍嗎？ |

| 맡다 | 열쇠를 맡아 주시겠어요? | 請問可以寄放鑰匙嗎？ |

| 들다 | 짐 좀 들어 주시겠어요? | 可以請您幫我提行李嗎？ |

　　當向對方要求一個對象而不是請求一個動作時，在對象後面加上주시겠어요？

| 名詞 | 영수증 주시겠어요? | 可以請您給我收據嗎？ |

　　當你收到某人的請求時，可以用-아 / 어 드릴게요或-아 / 어 드리겠습니다回應請求。-아 / 어 드릴게요是用在日常生活中的友善表達方式，用於非正式場合（像是在街上遇到）；-아 / 어 드리겠습니다是使用在正式場合（像是職員回覆客人）。

연락하다	A 확인되면 연락해 주시겠습니까?
	確認的話，可以請您聯繫我嗎？
	B 네, 연락해 드리겠습니다.
	好的，我會連絡您。

★돕다	A 길을 잃어버렸는데 좀 도와주시겠어요?
	我迷路了，您可以幫幫我嗎？
	B 도와드릴게요.
	我來幫您。

練習題

1~3 請用-아 / 어 주시겠어요改寫下列句子。

Ex. 다시 한번 말해 주세요. → 다시 한번 말해 주시겠어요?

1. 이 주소를 찾아 주세요. →

2. 조금 후에 연락해 주세요. →

3. 사진을 찍어 주세요. →

4. 여기에 사인해 주세요. →

5~8 請將左右兩邊的句子連起來。

5. 한국 친구가 없어요.   •

6. 10분 후에 회의가 끝나요.   •

7. 지금 밖에 나가려고 해요.   •

8. 아침 일찍 일어나야 돼요.   •

• ㉠ 열쇠를 맡아 주시겠어요?

• ㉡ 아침에 전화해 주시겠어요?

• ㉢ 한국 사람을 소개해 주시겠어요?

• ㉣ 조금 더 기다려 주시겠어요?

9~12 請用-아 / 어 주시겠어요完成以下對話。

9. A 연락처를 _____?
    B 네, 알려 드릴게요.

10. A 내일 저녁으로 _____?
    B 네, 예약해 드리겠습니다.

11. A 다른 것을 _____?
    B 네, 보여 드릴게요.

12. A 이것 좀 _____?
    B 네, 치워 드리겠습니다.

解答 p.278

文法練習

132.mp3

名詞＋좀 –아 / 어 주시겠어요？　　小心翼翼的請求協助。

짐 좀 들어 주시겠어요?	可以幫我提一下行李嗎？
가방 좀 맡아 주시겠어요?	我可以寄放包包嗎？
택시 좀 불러 주시겠어요?	您可以幫我叫計程車嗎？
7층 버튼 좀 눌러 주시겠어요?	您可以幫我按一下7樓的按鈕嗎？

名詞＋좀 더 주시겠어요？　　要求更多物品。

수건 좀 더 주시겠어요?	可以再給我幾條毛巾嗎？
반찬 좀 더 주시겠어요?	可以再給我一些小菜嗎？
물 좀 더 주시겠어요?	可以再給我一些水嗎？
이거 좀 더 주시겠어요?	這個可以再給我一些嗎？

▶ 補充單字

● 住宿相關字彙

체크인 (입실)　入住
체크아웃 (퇴실)　退房
조식 포함　含早餐
조식 제외　不含早餐
1인실　單人房
2인실　雙人房
다인실　團體房

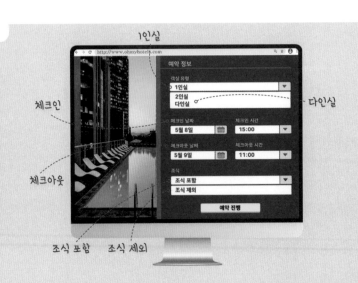

會話練習

133.mp3

名詞＋이 / 가 어떻게 되세요？　用於當工作人員向顧客詢問更多資訊時。

성함이 어떻게 되세요?	請教尊姓大名？
직업이 어떻게 되세요?	請問您的職業是什麼？
연락처가 어떻게 되세요?	請問您的連絡電話是幾號？
가족이 어떻게 되세요?	請問您家裡有幾位成員？

要求＋부탁합니다　請求他人幫忙。

언제요?　　什麼時候？
➥ 내일 부탁합니다.　明天，麻煩您了。
몇 시요?　　幾點？
➥ 7시에 부탁합니다.　七點，麻煩您了。
어떤 거요?　　你想喝哪個？
➥ 커피 부탁합니다.　咖啡，麻煩您了。

發音小訣竅

부탁합니다 [부타캄니다]

134.mp3

當終聲子音ㄱ、ㄷ、ㅂ、ㅈ後面接初聲子音ㅎ，ㄱ、ㄷ、ㅂ、ㅈ會激音化發〔ㅋ、ㅌ、ㅍ、ㅊ〕的音。上述例子中，탁的終聲子音後面接初聲子音ㅎ，ㄱ激音化發〔ㅋ〕的音。此外，子音ㄱ、ㄷ、ㅂ後面接ㄴ、ㅁ時，ㄱ、ㄷ、ㅂ會鼻音化發〔ㅇ、ㄴ、ㅁ〕的音。上述例子中，합的終聲子音ㅂ後面接ㄴ、ㅂ鼻音化發〔ㅁ〕的音。因此，부탁합니다應讀作〔부타캄니다〕。

☕ Coffee Break

表達旅行天數：O박 O일

表示旅行時間長短時，用O박O일。例如週一出發，週一晚上和週二晚上住宿，週三回家，那這段持續的時間為2박 3일（3天2夜）。這個情況下會用漢字數字表達。同樣地，如果週一開始旅行，睡三個晚上然後在週四回家，這樣是3박 4일（4 天3夜）。如果是在火車或飛機上過夜而不是住在酒店，這段期間的旅行會稱為무박 2일（2天沒過夜）。

寺廟住宿：在韓國寺院享受冥想

雖然佛教不是韓國的國教，但對韓國人具有重要的歷史意義。如今，你可以透過寺廟住宿了解更多關於佛教的知識：寺廟住宿是開放給非佛教徒參加的寺廟活動。韓國大多數代表性的寺廟都會舉辦寺廟寄宿活動。有白天進行的活動還有需要在寺廟過夜的活動。韓國人和外國人都可以參加相同的活動，因為大部分活動都是透過冥想或示範進行，所以就算是外國人，參加起來也不會有任何壓力。

您可以通過線上提出申請。到達寺廟後，按照韓國寺廟規定，換上袈裟後開始寺廟住宿的行程。即使你是家族一起參加，也必須遵守性別隔離。男女分開，每組同性別的人睡一間大通鋪。寺廟會在晚上9:30全部熄燈睡覺，你必須在凌晨3:30或4:00左右起床參加晨禱活動。另外，寺內禁止拍照、攝影，也禁止吸煙、飲酒。因此，寺廟住宿首先要緩和個人欲望並遵守戒律。

寺廟寄宿中包含許多活動。例如，你可以打坐參加佛教代表性的黎明法會及禪修，並通過供餐享用佛教餐點。還能夠體驗多樣的活動，例如茶道、製作蓮花燈、石刻拓片、參觀寺廟、社區服務、佛教武術、製作佛珠等。由於寺廟可以讓你親身體驗韓國佛教，如果你是在韓外國人的話，絕對值得一試。

在售票處

買票

돌아오는 배가 몇 시에 있어요?

幾點有回來的船？

保羅　　售票處員工

135_N.mp3

폴	섬에 가는 배 표를 사고 싶어요.	保羅	我想買去島上的船票。
직원	왕복으로 가실 거예요? 편도로 가실 거예요?	員工	您要買來回票還是單程票?
폴	왕복으로 주세요.	保羅	請給我來回票。
직원	몇 명 가실 거예요?	員工	請問有幾位要搭船?
폴	한 명요. 얼마예요?	保羅	一位。請問多少錢?
직원	왕복 표가 12,000원입니다.	員工	來回票是12,000元。
폴	돌아오는 배가 몇 시에 있어요?	保羅	請問回程的船是幾點?
직원	저녁 6시에 있어요.	員工	傍晚六點。
폴	감사합니다.	保羅	謝謝。

섬 島
표 票
사다 購買
왕복 來回
편도 單程
명 位
돌아오다 回來
저녁 傍晚

▶ 新表現

왕복으로 가실 거예요?
您要買來回票嗎？

편도로 가실 거예요?
您要買單程票嗎？

몇 명 가실 거예요?
請問您有幾位要搭船？

돌아오는 배가 몇 시에 있어요?
請問回程的船是幾點？

▶ 重點解析

① 섬和도
描述島嶼的單字

韓語中提到島嶼有時稱為섬，有時稱為도。談論「島嶼」時用섬；談論特定島嶼如제주도（濟州島）、독도（獨島）等會使用도。提及廟宇的時候情況也很像。談論「寺廟」使用절，談論特定廟宇如조계사（曹溪寺）、범어사（梵魚寺）等會使用사。

Ex. 제가 어제 '울릉도'라는 섬에 갔다 왔어요.
我昨天去了一座叫「울릉도（鬱陵島）」的島。

② 몇 명 和 몇 시
詢問數字

詢問數字時，使用몇來提問。然而在回答時，根據意思不同會選擇使用相對應的漢字數字或固有數字。本課對話中，員工用몇 명來詢問人數，此時保羅應使用固有數字回答。而當保羅用몇시詢問回程幾點有船，此時員工回答「幾點」也要用固有數字，但如果有提到「幾分」就要用漢字數字。這裡要注意的是，回答몇 번的問題時，要考慮問題的重點。如果問的是次數，回答應使用固有數字；如果問的是號碼譬如題號，回答應使用漢字數字。

Ex. A 제주도에 몇 번 갔어요?
你去過幾次濟州島？
B 2(두)번 갔어요. 我去過兩次。

Ex. A 지금 몇 번 문제를 했어요?
你現在做了第幾題？
B 2(이)번 문제를 했어요. 我做了第二題。

小叮嚀

● **不規則動詞II：ㄹ脫落**

當動詞語幹以ㄹ結尾（例如알다、살다等），後面接以ㄴ、ㄹ、ㅂ、ㅅ開頭的連結語尾時，ㄹ脫落。

ㄹ 脫落		ㄹ 不脫落	
살다: 살 + −니까 → 사니까	멀다: 멀 + −니까 → 머니까	살다: 살 + −아요 → 살아요	멀다: 멀 + −어요 → 멀어요
살다: 살 + −ㄹ 거예요 → 살 거예요	멀다: 멀 + −ㄹ 거예요 → 멀 거예요	살다: 살 + −고 → 살고	멀다: 멀 + −고 → 멀고
살다: 살 + −ㅂ니다 → 삽니다	멀다: 멀 + −ㅂ니다 → 멉니다	살다: 살 + −지만 → 살지만	멀다: 멀 + −지만 → 멀지만
살다: 살 + −세요 → 사세요	멀다: 멀 + −세요 → 머세요	살다: 살 + −면 → 살면	멀다: 멀 + −면 → 멀면

文法表 **p.275**

一는 名詞修飾語

名詞修飾語–는被用來詳細解釋名詞。韓語中,名詞修飾語必須擺放在它所修飾的名詞之前。當要修飾的內容與主句內容的時制相同,如現在時制,不論動詞語幹是母音或子音結尾,名詞修飾語–는都接在動詞語幹之後。

| 가다 | 제주도로 가는 비행기 표를 사고 싶어요.
我想買飛往濟州島的機票。 |

| 좋아하다 | 비빔밥은 제가 제일 좋아하는 음식이에요.
拌飯是我最喜歡的食物。 |

| 있다 | 정원이 있는 집에 살고 싶어요.   我想住在有庭院的家。 |

| 먹다 | 매일 아침을 먹는 사람이 건강해요.   每天吃早餐的人是健康的。 |

| 웃다 | 저는 잘 웃는 사람을 좋아해요.   我喜歡愛笑的人。 |

當動詞語幹以ㄹ結尾(如살다、알다),為了將動詞轉換為形容詞而在動詞語幹接–는時,動詞語幹的ㄹ會脫落。

| ★살다 | 지금 사는 곳이 명동이에요.   我現在住的地方是明洞。 |

⚠ 注意

當動詞語幹以「ㄱ、ㄷ、ㅂ」結尾,後面接ㄴ開頭的音節時,「ㄱ、ㄷ、ㅂ」會鼻音化發〔ㅇ、ㄴ、ㅁ〕的音。

[ㄱ]	[ㅇ]	[ㄷ]	[ㄴ]	[ㅂ]	[ㅁ]
먹 + 는 → [멍는]		듣 + 는 → [든는]		입 + 는 → [임는]	
닭 + 는 → [당는]		웃 + 는 → [운는]		돕 + 는 → [돔는]	
읽 + 는 → [잉는]		찾 + 는 → [찬는]		줍 + 는 → [줌는]	

練習題

1~3 看圖並用-는完成以下句子。

1.

매일 _____ 친구가 진수예요.
(전화하다)

2.

저는 1시에 _____ 비행기를 타요.
(출발하다)

3.

폴 씨가 잘 _____ 음식이 김치찌개예요.
(만들다)

4~6 請從下列選項中選出正確答案，並用-는完成以下對話。

| 먹을 수 없다 | 명동에 가다 | 외국인이 좋아하다 | 옆에 앉아 있다 |

Ex. A 옆에 앉아 있는 사람이 누구예요?

　　B 존 씨예요.

4. A _____ 음식이 뭐예요?

　　B 삼계탕이에요.

5. A _____ 곳이 어디예요?

　　B 경복궁이에요.

6. A _____ 지하철이 몇 호선이에요?

　　B 4호선이에요.

解答 p.278

文法練習

136.mp3

–는 名詞이 / 가 뭐예요 / 누구예요 / 어디예요 / 언제예요? 詳細描述名詞。

아침에 먹는 음식이 뭐예요? 　你早上吃的食物是什麼？

이 사진에서 웃고 있는 사람이 누구예요? 　這張照片裡笑著的這個人是誰？

매일 혼자 산책하는 곳이 어디예요? 　你每天獨自散步的地點是哪裡？

고향에서 친구가 오는 날이 언제예요? 　你朋友是哪一天要從老家過來？

이거 –는 거예요? 要求詳細說明。

이거 어떻게 먹는 거예요? 　這個要怎麼吃？

이거 어떻게 하는 거예요? 　這個要怎麼做？

이거 뭘로 만드는 거예요? 　這是用什麼做的？

이거 뭘로 쓰는 거예요? 　這個是用來做什麼的？

▶ 補充單字

- 與「비（費用）」有關的字彙
  교통비　交通費
  식비　餐費
  숙박비　住宿費
- 與「금（價格）」有關的字彙
  상금　獎金
  등록금　註冊費
  장학금　獎學金

- 與「료（費用）」有關的字彙
  입장료　入場費
  이용료　使用費
  수수료　手續費
- 與「돈（錢）」有關的字彙
  용돈　零用錢
  세뱃돈　壓歲錢

會話練習

137.mp3

名詞＋（이）나＋名詞　談論有關選擇。

어떻게 가요?　　　　　　　　　　要怎麼去？

➡ 비행기나 배로 가요.　　　　　　➡ 搭飛機或搭船去。

뭐 마셔요?　　　　　　　　　　　要喝什麼？

➡ 커피나 주스를 마셔요.　　　　　➡ 喝咖啡或果汁。

뭐 먹어요?　　　　　　　　　　　要吃什麼？

➡ 김밥이나 샌드위치를 먹어요.　　➡ 吃紫菜飯捲或三明治。

－（으）면 어떻게 해요?　詢問任何有可能會發生的事。

사고가 나면 어떻게 해요?　　　　　如果出狀況的話怎麼辦？

현금이 없으면 어떻게 해요?　　　　如果沒有現金怎麼辦？

날씨가 안 좋으면 어떻게 해요?　　　如果天氣不好怎麼辦？

한국어를 못 알아들으면 어떻게 해요?　如果聽不懂韓語怎麼辦？

發音小訣竅　138.mp3

몇 명 [면 명] / 몇 개 [멷 깨] / 몇 호실 [며 토실]

子音ㄷ、ㅌ、ㅅ、ㅈ、ㅊ、ㅎ作為終聲子音時皆發〔ㄷ〕的音，因此몇讀作〔멷〕。當몇的終聲子音ㅊ〔ㄷ〕後面接명的ㅁ時，「ㄷ」鼻音化變音為「ㄴ」，몇 명讀作〔면 명〕。當몇〔멷〕後面接개時，개的ㄱ會因為前一音節的終聲子音ㄷ而硬音化發〔ㄲ〕的音，故몇 개讀作〔멷 깨〕。當몇〔멷〕後面接호的ㅎ時，몇的終聲子音ㅊ〔ㄷ〕會激音化變音為〔ㅌ〕。此時ㅎ會弱化，몇的終聲子音變音後連音至下一個音節初聲子音的位置發音，故몇 호실讀作〔며 토실〕。

Coffee Break

詢問首班車與末班車

旅行時，確認公車、地鐵、火車等交通工具첫차（首班車）和막차（末班車）的時間是很重要的。買票時可以問첫차가 몇 시예요？或막차가 몇 시예요？來確認首班車跟末班車的時間。不過，如果是搭船或飛機，要說첫배（首班船）、첫 비행기（首班飛機）。這裡請留意，只有末班車（마지막 차）會簡稱막차，末班船跟末班機會講마지막 배跟마지막 비행기。

韓國地形

韓國是一個三面還海（東海、南海、西海）的半島。東海連接太平洋，水深且海岸線平緩，因此可以觀賞到清涼的大海與日出。換句話說，南海與西海比東海淺，擁有許多島嶼，因而有較複雜的海岸線。尤其是南部海岸線擁有未開發的風景，因為它是由數千個小島組成，被稱為「다도해（多島海域）」。

因為潮差和水深較淺的關係，西海有全世界最大的泥灘生態系。除了忠清北道之外，韓國其他道都與海相連，許多韓式料理都有使用海鮮。

韓國也有許多山脈。據說朝鮮半島約有70%屬於山區，因此山區多於平原。高山位於朝鮮半島北部，低山位於朝鮮半島南部。太白山脈從朝鮮半島北部一直延伸到南部，向朝鮮半島東部傾斜，地勢東高西低。在韓國的多數地區都很容易找到山脈。例如，首爾有26座山，其中大部分是250－300公尺的低山，但也有700－900公尺相對較高的高山。韓國很多人喜歡登山。如果去首爾地鐵站旁的山峰入口，很容易在週末的地鐵上看到穿著登山服的人。

由於韓國的地理特性，山區較多，因此可居住平地的人口密度較高。加上首都圈人口密度非常高，約有50%的韓國人集中在首爾都市圈。實際上，雖然首爾作為城市是相當大的區域，但因為人口集中，首爾的人口密度是紐約的 8 倍、東京的 3 倍。

必吃美食餐廳推薦

'바다' 식당에 가 보세요.

請去「大海」餐廳。

保羅　　遊客

139_N.mp3

폴	저……, 이 근처에 맛집 있어요?
한국인	맛집요? 무슨 음식을 좋아하세요?
폴	저는 한국 음식 다 좋아해요.
한국인	그럼, '바다' 식당에 가 보세요. 거기 해산물 요리가 진짜 맛있어요.
폴	여기에서 멀어요?
한국인	아니요, 가까워요. 지도로 식당 위치를 알려 드릴게요.

保羅	不好意思……，請問這附近有美食餐廳嗎？
韓國人	美食餐廳嗎？您喜歡什麼樣的食物？
保羅	只要是韓國料理我都喜歡。
韓國人	那麼，請去「大海」餐廳。那邊的海鮮料理真的很好吃。
保羅	離這裡遠嗎？
韓國人	不會，很近。我跟您講一下餐廳在地圖上的哪裡。

▶ 新單字

맛집　美食餐廳
좋아하다　喜歡
다　全部
식당　餐廳
해산물　海鮮、海產
요리　料理
진짜　真的
맛있다　好吃、美味
에서　地方助詞
멀다　遠
가깝다　近
지도　地圖
위치　位置
알리다　告知

▶ 新表現

이 근처에 맛집 있어요?
請問這附近有美食餐廳嗎？

저는 한국 음식 다 좋아해요.
只要是韓國料理我都喜歡。

여기에서 멀어요?
離這裡遠嗎？

▶ 重點解析

❶ 副詞다
表達「全部」的副詞

副詞다是指「全部」的意思，用來修飾動詞或形容詞。本課對話中，다被用來修飾動詞좋아하다。然而，因為다是副詞，所以不能擺在名詞之前修飾名詞。因此，在修飾名詞時，모든會被用來取代다，以表達「全部」。

Ex. 갈비, 불고기, 삼겹살이 다 맛있어요.
　　排骨、烤肉及五花肉都很好吃。

Ex. 모든 음식이 안 매워요. 全部的餐點都不會辣。

❷ -아 / 어 드릴게요
表達提供

當你在為需要使用尊待語的人做某事時，用-아 / 어 드릴게요。-아 / 어 드릴게요主要用於回答請求或要求某人做某件事。本課對話中，路人使用알려 드릴게요禮貌地向詢問餐廳位置的保羅展示地圖上餐廳的位置。如果這段對話發生在朋友之間，就沒有必要說客套話。朋友之間會使用-아 / 어 줄게요。

Ex. A 내일 책을 갖다드릴게요. (= 갖다줄게요)
　　我明天拿書給你（您）。
　　B 감사합니다. 謝謝。

小叮嚀

• 不規則動詞Ⅲ：省略ㄷ與ㅂ

1. 省略ㄷ

當ㄷ不規則動詞（如듣다、걷다等）跟以母音開頭的動詞時制（如-아 / 어요、-은等）相結合時，ㄷ轉變為ㄹ。但是當ㄷ規則動詞（如닫다、받다等）跟以母音開頭的動詞時制相結合時，ㄷ不會改變。

2. 省略ㅂ

當ㅂ不規則動詞（如줍다、굽다等）或ㅂ不規則形容詞（如덥다、쉽다等）跟以母音開頭的動詞時制（如-아 / 어요、-은等）相結合時，ㅂ變為우。但是當ㅂ規則動詞（如입다、씹다等）或ㅂ規則形容詞（如좁다）跟以母音開頭的動詞時制相結合時，語幹的ㅂ不會改變形態。

	不規則動詞	規則動詞
ㄷ	듣다: 듣 + -어요 → 들 + -어요 → 들어요 Ex. 매일 음악을 들어요. 我每天聽音樂。	받다: 받 + -아요 → 받아요 Ex. 친구한테서 선물을 받아요. 我收到朋友送的禮物。
ㅂ	쉽다: 쉽 + -어요 → 쉬우 + -어요 → 쉬워요 Ex. 이번 숙제가 쉬워요. 這次的作業很簡單。	입다: 입 + -어요 → 입어요 Ex. 진수는 매일 티셔츠를 입어요. 真洙每天穿T恤。

文法表 p.275

–아/어 보세요 你可以…

　　–아 / 어 보세요 是與動詞一起使用的句型，表示邀請、推薦、建議或勸告他人嘗試某行動。 動詞하다被用作해 보세요。當動詞語幹以母音ㅏ或ㅗ結尾時，添加–아 보세요，以其他母音結尾時添加–어 보세요。

| 운동하다 | 매일 30분씩 운동해 보세요. 건강이 좋아질 거예요. |
請試著每天運動30分鐘，健康會變好的。

| 가다 | 제주도에 꼭 가 보세요. 경치가 정말 좋아요. |
請一定要去濟州島走走，風景真的很美。

| 찾다 | 인터넷에서 정보를 찾아보세요. 쉽게 찾을 수 있어요. |
請在網路上找找看，很好找的。

| 먹다 | 이 떡을 한번 먹어 보세요. 정말 맛있어요. |
請嚐嚐看這個糕點，真的很好吃。

　　當動詞보다與–아 / 어 보세요連接時，會被用作보세요而不是봐 보세요。

| ★보다 | 이 영화를 한번 보세요. 진짜 재미있어요. |
請去看這部電影，真的很有趣。

　　用–아 / 어 보세요回答推薦或建議時，請使用–아 / 어 볼게요表示你想嘗試的意願。

| 마시다 | A 이 차가 진짜 맛있어요. 한번 마셔 보세요. |
這個茶真的很好喝，有機會的話請喝喝看。

B 네, 마셔 볼게요.　　　　好的，我會喝喝看。

| 읽다 | A 이 책이 진짜 재미있어요. 한번 읽어 보세요. |
這本書真的很有趣，有時間的話請讀讀看。

B 알겠어요. 읽어 볼게요. 　我知道了，我會看的。

練習題

1~4 請用-아 / 어 보세요完成以下句子。

1. 이 식당에 한번 ＿＿＿＿＿＿＿＿. 음식이 맛있어요.
(가다)

2. 이 옷을 한번 ＿＿＿＿＿＿＿＿. 옷이 진짜 멋있어요.
(입다)

3. 친구 연락을 조금 더 ＿＿＿＿＿＿＿＿. 친구가 곧 연락할 거예요.
(기다리다)

4. 이 음악을 한번 ＿＿＿＿＿＿＿＿. 노래 가사가 진짜 좋아요.
(듣다)

5~9 請用-아 / 어 보세요完成以下對話。

5. A 케이블카를 ＿＿＿＿＿＿＿＿＿. 경치가 진짜 좋아요.
B 네, 케이블카를 타 볼게요.

6. A 이 안경을 ＿＿＿＿＿＿＿＿＿. 진짜 잘 어울릴 거예요.
B 알겠어요, 안경을 써 볼게요.

7. A 이 운동화를 ＿＿＿＿＿＿＿＿＿. 진짜 편해요.
B 네, 한번 신어 볼게요.

8. A 김치를 ＿＿＿＿＿＿＿＿. 아마 재미있을 거예요.
B 네, 김치를 만들어 볼게요.

9. A 매일 공원을 ＿＿＿＿＿＿＿＿＿. 그러면 기분도 좋아질 거예요.
B 알겠어요. 걸어 볼게요.

解答 p.278~279

文法練習

140.mp3

名詞을 / 를 좋아하면 한번 –아 / 어 보세요

建議某事。

바다를 좋아하면 섬에 한번 가 보세요.　喜歡大海的話，請去島上走走。

생선을 좋아하면 회를 한번 먹어 보세요.　喜歡海鮮的話，請嚐嚐看生魚片。

커피를 좋아하면 이 커피를 한번 마셔 보세요.　喜歡咖啡的話，請喝喝看這杯咖啡。

한국 음악을 좋아하면 이 음악을 한번 들어 보세요.　喜歡韓國音樂的話，請聽聽看這首歌。

꼭 –아 / 어 보세요

強烈推薦某事。

바닷가에 꼭 가 보세요. 진짜 좋아요.　請一定要去海邊，真的很美。

케이블카를 꼭 타 보세요. 진짜 편해요.　請一定要搭纜車，真的很舒服。

해산물을 꼭 먹어 보세요.
진짜 맛있어요.　請一定要嚐嚐海鮮，真的很好吃。

김치를 꼭 만들어 보세요.
진짜 재미있어요.　請一定要體驗醃泡菜，真的很有趣。

▶ 補充單字

• 住宿相關字彙
호텔　酒店
게스트 하우스　旅館
민박　民宿
• 交通方式相關字彙
비행기　飛機
기차　火車
버스　公車

• 景點相關字彙
유적지　遺址
관광지　觀光勝地
• 食物相關字彙
전통 음식　傳統美食
지역 음식　地方美食

會話練習

- (으) ㄹ 거예요　談論自己的期望。

맛있을 거예요.	一定很好吃。
괜찮을 거예요.	會沒事的。
재미있을 거예요.	一定很有趣。
문제 없을 거예요.	沒有問題的。

제가 -아 / 어 드릴게요　向他人表達善意。

한국어를 잘 못 써요.　　　　　我不太會寫韓文。

➡ 제가 써 드릴게요.　　　　➡ 我來幫您寫。

가방이 너무 무거워요.　　　　包包太重了。

➡ 제가 도와 드릴게요.　　　➡ 我來幫您提。

사진을 보고 싶어요.　　　　　我想看照片。

➡ 제가 보여 드릴게요.　　　➡ 我拿給您看。

이 문법을 잘 모르겠어요.　　　我不太會這個文法。

➡ 제가 설명해 드릴게요.　　➡ 我解釋給您聽。

發音小訣竅

맛집 [맏찝]

142.mp3

맛的終聲子音ㅅ發音為〔ㄷ〕。當終聲子音〔ㄱ、ㄷ、ㅂ〕後面接初聲子音ㄱ、ㄷ、ㅂ、ㅅ、ㅈ時，初聲子音會硬音化發〔ㄲ、ㄸ、ㅃ、ㅆ、ㅉ〕的音。上述例子中，집的初聲子音ㅈ因為맛的終聲子音〔ㄷ〕而硬音化變音為〔ㅉ〕，故맛집讀作〔맏찝〕。

例 밧줄 [받쭐]　낮잠 [낟짬]　꽃집 [꼳찝]

☕ Coffee Break

與韓國人照相

與韓國人照相時會在하나、둘、셋之後說김치！並微笑拍照。這是韓國人在拍照時經常會說的話。與韓國年輕學生拍照時，有許多韓國人會使用他們的食指與中指比出「Ｖ」的手勢。讓我們在拍照時說김치並笑得燦爛吧。

國內旅遊的交通工具

讓我們來看看沒有開車時，韓國人旅行主要會搭乘的交通工具。首先，往返濟州島大多都會搭乘飛機。當然，你也可以從朝鮮半島南部搭船前往濟州島，但韓國人幾乎都是搭飛機往返。事實上，因為有許多人搭乘飛機前往濟州島，首爾－濟州航線甚至被選為世界上班機最多的航線之一。由於乘客較多，廉價航空之間的競爭非常激烈，飛機票經常有折扣。從首爾飛往濟州島只需大約50分鐘。如果要從首爾搭飛機到濟州島，應前往金浦機場搭乘。

前往濟州島以外的地區，火車是最快的交通方式。KTX、SRT等高鐵從首爾到釜山大約2小時30分鐘，到麗水大約4小時。除了高鐵以外，還有沿途停靠的普通列車，但到達釜山大約需要4－5小時。如果提前訂車票，可以享受打折優惠。在首爾搭乘火車或高鐵時，北上列車通常會從清涼里站發車，而南下列車通常會從首爾站或龍山站發車。

國道客運的折扣不如火車，但優點是可以隨時發車。即使沒有提前訂票也不用擔心，轉運站每30分鐘就有一班客運發車。此外，因為客運可以到達飛機、火車無法抵達的地區，所以韓國人喜歡搭客運到全國各地旅行。客運的種類分為一般高速客運、高級高速客運以及夜間運行的深夜高級高速客運。從首爾發車的客運有兩個轉運站。一個是首爾高速巴士轉運站（位於地鐵3、7、9號線高巴轉運站1號出口），有開往慶尚道的京釜線及往全羅道的湖南線。一個是上鳳轉運站（京春線、京義中央線忘憂站1號出口），主要是開往江原道的路線。

跟朋友聊天

討論旅遊經驗

한국에서 여행해 봤어요?

你在韓國旅遊過嗎？

保羅　　幼珍

143_N.mp3

유진　한국에서 여행해 봤어요?

폴　네, 몇 번 여행해 봤어요.

유진　어디가 제일 좋았어요?

폴　제주도가 제일 좋았어요.

유진　그럼, 경주에 가 봤어요?

폴　아니요, 아직 못 가 봤어요.

유진　그래요? 나중에 꼭 가 보세요. 야경이 진짜 멋있어요.

폴　그럴게요.

幼珍　你在韓國旅遊過嗎？

保羅　有，我旅行過幾次。

幼珍　你最喜歡哪個地方？

保羅　我最喜歡濟州島。

幼珍　那麼，你去過慶州嗎？

保羅　沒有，還沒去過。

幼珍　是喔？你以後一定要去看看。夜景真的很漂亮。

保羅　我會的。

▶ 新單字

한국 韓國
여행하다 旅行
몇 번 幾次
어디가 哪個地方
제주도 濟州島
경주 慶州
나중에 以後、日後
꼭 一定、務必
야경 夜景
멋있다 漂亮、好看

▶ 新表現

한국에서 여행해 봤어요?
你在韓國旅遊過嗎？

몇 번 여행해 봤어요.
我旅行過幾次。

어디가 제일 좋았어요?
你最喜歡哪個地方？

아직 못 가 봤어요.
我還沒去過。

나중에 꼭 가 보세요.
你以後一定要去看看。

그럴게요.
我會的。

▶ 重點解析

① 몇
表示少許

몇在韓文裡傳達的意思是少許。因此몇 번指的是少少的次數，몇 명指的是少少的人數。在韓文裡面，몇會搭配數字一起使用，而몇 번有時在提問跟回答的句型裡面都會用到。

(Ex.) A 제주도에 몇 번 갔어요?
你去了幾次濟州島？
B 몇 번 갔어요. 我去過幾次。

② 꼭
副詞

強烈提出要求或建議時，會用副詞꼭搭配-（으）세요或-아／어 보세요一起使用。此時可以用한번讓提出要求或建議的語氣柔和一些。在負面的情形下，절대（로）會取代副詞꼭並搭配-지 마세요一起使用。

(Ex.) 한국 음식을 꼭 배워 보세요. 진짜 재미있어요. 請一定要學怎麼做韓國料理，真的很有趣。

(Ex.) 한국 춤을 한번 배워 보세요. 어렵지만 재미있어요. 有機會請學學看韓國傳統舞蹈。雖然難，但很有趣。

(Ex.) 앞으로 절대 담배를 피우지 마세요. 담배가 몸에 안 좋아요. 以後請絕對不要抽菸。香菸對身體不好。

• 表達情緒的字彙

小叮嚀

기분이 좋다
心情好

기분이 나쁘다
心情差

놀라다
嚇到、震驚

아프다
痛、不舒服

행복하다
幸福

슬프다
悲傷

당황하다
慌張

졸리다
想睡覺

화가 나다
生氣

무섭다
駭人、恐怖

피곤하다
疲倦

부끄럽다
羞愧、害羞

文法焦點

文法表 p.275

–아/어 봤다 我嘗試過了…

　　–아 / 어 봤다與動詞一起使用，用來表你經歷過或嘗試過某事。動詞하다用作해 봤다。當動詞語幹以母音ㅏ或ㅗ結尾時，使用–아 봤다；其他語幹則添加–어 봤다。

하다	A 한국 게임을 해 봤어요?	你有玩過韓國遊戲嗎？
	B 네, 전에 해 봤어요.	有，之前玩過。
먹다	A 삼계탕을 먹어 봤어요?	你有吃過蔘雞湯嗎？
	B 네, 먹어 봤어요.	有，我吃過。

　　使用안表示「沒有經驗」。然而，如果要表達自己想體驗某件事但還沒有機會時，使用副詞아직搭配못。

가다	A 경주에 가 봤어요?	你有去過慶州嗎？
	B 아니요, 안 가 봤어요.	沒有，我沒去過。
가다	A 경주에 가 봤어요?	你有去過慶州嗎？
	B 아니요, 경주에 아직 못 가 봤어요.	
	沒有，我還沒有機會去慶州。	

　　用動詞보다表達經驗或嘗試時，使用봤어요而不是봐 봤어요。

★보다	A 전에 한국 영화를 봤어요?	你之前看過韓國電影嗎？
	B 아니요, 아직 못 봤어요.	不，還沒看過。

練習題

1~3 看圖並用–아 / 어 봤다完成以下對話。

1. A 윷놀이를 _____?
B 네, 해 봤어요. 진짜 재미있었어요.

윷놀이

2. A 한복을 _____?
B 아니요, 못 입어 봤어요.

한복

3. A 구절판을 _____?
B 아니요, _____.

구절판

4~6 從下列選項中選出正確答案以完成對話。

ㄱ 어땠어요?　　　ㄴ 부산에 한번 가 보세요.　　　ㄷ 부산에 가 봤어요?

A 부산에 가 봤어요?
B 아니요, 못 가 봤어요. **4.** _____
A 네, 저는 지난주에 부산에 가 봤어요.
B **5.** _____
A 너무 재미있었어요.
B 저도 가고 싶어요.
A **6.** _____ 재미있을 거예요.

解答 p.279

文法練習

처음 -아 / 어 봤어요   談論初次體驗。

이 노래를 처음 들어 봤어요.	我第一次聽這首歌。
이곳에 처음 와 봤어요.	我第一次來這個地方。
이 음식을 처음 먹어 봤어요.	我第一次吃這個食物。
이 책을 처음 읽어 봤어요.	我第一次讀這本書。

數字＋번 -아 / 어 봤어요   談論經驗的次數。

제주도에 한 번 가 봤어요.	我去過一次濟州島。
자전거를 두 번 타 봤어요.	我騎過兩次腳踏車。
이 음식을 몇 번 먹어 봤어요.	我吃過幾次這個食物。
이 음악을 몇 번 들어 봤어요.	我聽過幾次這個音樂。

▶ 補充單字

● 頻率相關字彙

1　　2　　3　　4　　5　　6　　7　　8　　9　　10

1. 한 번도 안 해 봤어요. 從未嘗試過。
2. 전혀 안 해요. 完全不做。
3. 한 번 해 봤어요. 嘗試過一次。
4. 거의 안 해요. 幾乎不做。
5. 몇 번 해 봤어요. 嘗試過幾次。
6. 가끔 해요. 偶爾會做。
7. 여러 번 해 봤어요. 做過好幾次。
8. 자주 해요. 經常做。
9. 많이 해 봤어요. 做過很多次。
10. 항상 해요. 總是那麼做。

會話練習

145.mp3

名詞＋이 / 가 어때요 / 어땠어요?

詢問感受或印象。

음식이 어때요?　　　　　　　　　餐點怎麼樣？

➡ 진짜 맛있어요.　　　　　　　　➡ 真的很好吃。

날씨가 어때요?　　　　　　　　　天氣怎麼樣？

➡ 진짜 좋아요.　　　　　　　　　➡ 真的很好。

숙소가 어땠어요?　　　　　　　　住的地方怎麼樣？

➡ 진짜 깨끗했어요.　　　　　　　➡ 真的很乾淨。

이거 –지 않아요?

徵求他人同意。

이거 맛있지 않아요?　　　　　　　你不覺得這個很好吃嗎？

이거 재미있지 않아요?　　　　　　你不覺得這個很有趣嗎？

이거 이상하지 않아요?　　　　　　你不覺得這個很奇怪嗎？

이거 비슷하지 않아요?　　　　　　你不覺得這個很像嗎？

發音小訣竅

제주 [제주]

子音 ㄱ、ㄷ、ㅂ、ㅈ 有不同的發音，這取決於它們是初聲子音還是介於母音之間。在 제주 的例子中，제的 ㅈ 發音介於[ch]和[j]之間。另一方面，주的 ㅈ 位於兩個母音（ㅔ 和 ㅜ）之間，但發音更接近[j]。

例 기기 [기기]　　도도 [도도]　　부부 [부부]

146.mp3

☕ Coffee Break

提問和回答都用相同的句子

韓國人常使用模糊的回答來避免正面回答問題。這種情況下，會使用像是뭐、누구、언제、어디等字詞來回答對方。事實上，很多時候韓國人的問句跟答句是一樣的，差別只在於語調不同。譬如可以用「뭐 먹었어요.（吃了點什麼）」來回答「뭐 먹었어요?（你吃了什麼）」用「언제 같이 가요!（以後有時間一起去吧！）」來回答「언제 같이 가요?（什麼時候要一起去？）」

韓國有名的慶典

부산 국제 영화제 釜山國際影展

　　釜山國際影展始於1996年，每年10月初舉辦，為期兩週左右。釜山國際影展是最具代表性的亞洲國際影展，也是亞洲電影進軍全球電影市場的平台。影展匯集了許多大師級導演與新晉導演指導的創意作品。釜山國際影展人山人海，如果有想看的電影，建議透過티켓박스（售票亭）網站訂票或現場購票。

광주 비엔날레 光州雙年展

　　光州雙年展是亞洲代表性的國際當代藝術展，每兩年在全羅南道光州舉辦一次，展覽時間從9月到11月，為期兩個月。除了知名藝術家的作品外，其主要展覽內容還包含活動展覽作品、學生作品以及與觀眾互動式的展覽。你還能在展廳入口要求一位講解員（具有專業藝術知識的導遊）陪同解說，讓自己在觀展過程中擁有更享受且知性的體驗。

머드 축제 保寧泥漿節

　　保寧泥漿節是利用西海岸灘塗上的泥漿舉辦的節日。泥漿節通常在夏天七月舉行，此時可以看到年輕人埋在泥漿中玩樂。韓國人與外國人都能參加泥漿節，並享受其中。韓國人認為泥漿對皮膚很好，所以即使皮膚黏滿泥漿、變得骯髒，他們也不介意。事實上，韓國著名的K-beauty化妝品品牌還推出泥漿製成的面膜產品。

附錄

文法表

參考答案

索引

文法表 ∙∙

狀態動詞

跟中文一樣，韓語也有動詞和形容詞。不過，韓語的形容詞在詞型變化和外觀上都像動詞。因此，把它想成韓語中有兩種動詞會比較容易理解：分別是動作動詞（如跑、做、工作、思考等）和狀態動詞（快樂、悲傷、昂貴等）。這裡我們會將形容詞稱為狀態動詞。這兩種動詞在某些語法結構中有時表現不同，你必須熟記這兩種類型的動詞。

第1章

場景01 –아 / 어 주세요 請⋯

動作動詞	–아/어 주세요	動作動詞	–아/어 주세요
하다（做）	(하+–여 주세요) 해 주세요	쓰다（寫）	★(쓰+–어 주세요) 써 주세요
오다（來）	(오+–아 주세요) 와 주세요	모으다（收集）	★(모으+–아 주세요) 모아 주세요
사다（買）	(사+–아 주세요) 사 주세요	누르다（按、壓）	★(누르+–어 주세요) 눌러 주세요
찾다（尋找）	(찾+–아 주세요) 찾아 주세요	듣다（聽）	★(듣+–어 주세요) 들어 주세요
읽다（閱讀）	(읽+–어 주세요) 읽어 주세요	만들다（製作）	(만들+–어 주세요) 만들어 주세요
기다리다（等待）	(기다리+–어 주세요) 기다려 주세요	굽다（烤）	★(굽+–어 주세요) 구워 주세요
외우다（背誦）	(외우+–어 주세요) 외워 주세요	붓다（倒、澆）	★(붓+–어 주세요) 부어 주세요

場景02 命令句 –(으)세요 和 –지 마세요

動作動詞	–(으)세요	–지 마세요
하다（做）	(하+–세요) 하세요	(하+–지 마세요) 하지 마세요
보다（看）	(보+–세요) 보세요	(보+–지 마세요) 보지 마세요
찾다（尋找）	(찾+–으세요) 찾으세요	(찾+–지 마세요) 찾지 마세요
앉다（坐）	(앉+–으세요) 앉으세요	(앉+–지 마세요) 앉지 마세요
쓰다（寫）	(쓰+–세요) 쓰세요	(쓰+–지 마세요) 쓰지 마세요
부르다（叫、喊）	(부르+–세요) 부르세요	(부르+–지 마세요) 부르지 마세요
듣다（聽）	★(듣+–으세요) 들으세요	(듣+–지 마세요) 듣지 마세요
만들다（製作）	★(만들+–세요) 만드세요	(만들+–지 마세요) 만들지 마세요
굽다（烤）	★(굽+–으세요) 구우세요	(굽+–지 마세요) 굽지 마세요
붓다（倒、澆）	★(붓+–으세요) 부으세요	(붓+–지 마세요) 붓지 마세요
먹다（吃）	★드시다 → 드세요	(먹+–지 마세요) 먹지 마세요
자다（睡覺）	★주무시다 → 주무세요	(자+–지 마세요) 자지 마세요
있다（有、存在）	★계시다 → 계세요	(있+–지 마세요) 있지 마세요

		–(으)세요 現在時制	–(으)셨어요 過去時制	–(으)실 거예요 未來時制
動作動詞	하다（做）	(하+–세요) 하세요	(하+–셨어요) 하셨어요	(하+–실 거예요) 하실 거예요
	보다（看）	(보+–세요) 보세요	(보+–셨어요) 보셨어요	(보+–실 거예요) 보실 거예요
	읽다（閱讀）	(읽+–으세요) 읽으세요	(읽+–으셨어요) 읽으셨어요	(읽+–으실 거예요) 읽으실 거예요
	쓰다（寫）	(쓰+–세요) 쓰세요	(쓰+–셨어요) 쓰셨어요	(쓰+–실 거예요) 쓰실 거예요
	부르다 （叫、喊）	(부르+–세요) 부르세요	(부르+–셨어요) 부르셨어요	(부르+–실 거예요) 부르실 거예요
	듣다（聽）	★(듣+–으세요) 들으세요	★(듣+–으셨어요) 들으셨어요	★(듣+–으실 거예요) 들으실 거예요
	살다 （活、生存）	★(살+–세요) 사세요	★(살+–셨어요) 사셨어요	★(살+–실 거예요) 사실 거예요
	돕다（幫助）	★(돕+–으세요) 도우세요	★(돕+–으셨어요) 도우셨어요	★(돕+–실 거예요) 도우실 거예요
	낫다（痊癒）	★(낫+–으세요) 나으세요	★(낫+–으셨어요) 나으셨어요	★(낫+–으실 거예요) 나으실 거예요
	먹다（吃）	★드시다 → 드세요	★드시다 → 드셨어요	★드시다 → 드실 거예요
	자다（睡覺）	★주무시다 → 주무세요	★주무시다 → 주무셨어요	★주무시다 → 주무실 거예요
	있다（有）	★계시다 → 계세요	★계시다 → 계셨어요	★계시다 → 계실 거예요.
	있다（存在）	★있으시다 → 있으세요	★있으시다 → 있으셨어요	★있으시다 → 있으실 거예요
狀態動詞	피곤하다 （疲倦）	(피곤하+–세요) 피곤하세요	(피곤하+–셨어요) 피곤하셨어요	(피곤하+–실 거예요) 피곤하실 거예요
	좋다（好）	(좋+–으세요) 좋으세요	(좋+–으셨어요) 좋으셨어요	(좋+–으실 거예요) 좋으실 거예요
	바쁘다（忙碌）	(바쁘+–세요) 바쁘세요	(바쁘+–셨어요) 바쁘셨어요	(바쁘+–실 거예요) 바쁘실 거예요
	다르다（不同）	(다르+–세요) 다르세요	(다르+–셨어요) 다르셨어요	(다르+–실 거예요) 다르실 거예요
	길다（長）	★(길+–세요) 기세요	★(길+–셨어요) 기셨어요	★(길+–실 거예요) 기실 거예요
	춥다（冷）	★(춥+–으세요) 추우세요	★(춥+–으셨어요) 추우셨어요	★(춥+–으실 거예요) 추우실 거예요
	名詞이다 （是名詞）	(이+–세요) 친구세요 선생님이세요	(이+–셨어요) 친구셨어요 선생님이셨어요	(이+–실 거예요) 친구실 거예요 선생님이실 거예요

動作動詞	–(으)면	狀態動詞	–(으)면
하다（做）	(하+–면) 하면	피곤하다（疲倦）	(피곤하+–면) 피곤하면
보다（看）	(보+–면) 보면	좋다（好）	(좋+–으면) 좋으면
기다리다（等待）	(기다리+–면) 기다리면	많다（多）	(많+–으면) 많으면
먹다（吃）	(먹+–으면) 먹으면	맛있다（好吃）	(맛있+–으면) 맛있으면
찾다（尋找）	(찾+–으면) 찾으면	재미없다（無趣）	(재미있+–으면) 재미있으면
쓰다（寫）	(쓰+–면) 쓰면	아프다（痛）	(아프+–면) 아프면

부르다（叫、喊）	（부르+-면）부르면	다르다（不一樣）	（다르+-면）다르면
듣다（聽）	★（듣+-으면）들으면	멀다（遠）	（멀+-면）멀면
울다（哭）	（울+-면）울면	길다（長）	（길+-면）길면
돕다（幫助）	★（돕+-으면）도우면	쉽다（簡單）	★（쉽+-으면）쉬우면
낫다（痊癒）	★（낫+-으면）나으면	名詞이다（是名詞）	（이+-면）친구면 가족이면

第2章

場景05 -고 싶다 想要…

動作動詞	-고 싶다	動作動詞	-고 싶다
하다（做）	（하+-고 싶다）하고 싶다	먹다（吃）	（먹+-고 싶다）먹고 싶다
만나다（見面）	（만나+-고 싶다）만나고 싶다	앉다（坐）	（앉+-고 싶다）앉고 싶다
보다（看）	（보+-고 싶다）보고 싶다	받다（收到）	（받+-고 싶다）받고 싶다
마시다（喝）	（마시+-고 싶다）마시고 싶다	듣다（聽）	（듣+-고 싶다）듣고 싶다
배우다（學習）	（배우+-고 싶다）배우고 싶다	알다（知道）	（알+-고 싶다）알고 싶다
쓰다（寫）	（쓰+-고 싶다）쓰고 싶다	돕다（幫助）	（돕+-고 싶다）돕고 싶다
부르다（叫、喊）	（부르+-고 싶다）부르고 싶다	낫다（痊癒）	（낫+-고 싶다）낫고 싶다

場景06 -（으）ㄹ 수 있다 可以、會

動作動詞	-（으）ㄹ 수 있다	狀態動詞	-（으）ㄹ 수 있다
하다（做）	（하+-ㄹ 수 있다）할 수 있다	편하다（舒服、方便）	（편하+-ㄹ 수 있다）편할 수 있다
보다（看）	（보+-ㄹ 수 있다）볼 수 있다	좋다（好）	（좋+-을 수 있다）좋을 수 있다
먹다（吃）	（먹+-을 수 있다）먹을 수 있다	많다（多）	（많+-을 수 있다）많을 수 있다
쓰다（寫）	（쓰+-ㄹ 수 있다）쓸 수 있다	아프다（痛）	（아프+-ㄹ 수 있다）아플 수 있다
부르다（叫、喊）	（부르+-ㄹ 수 있다）부를 수 있다	다르다（不一樣）	（다르+-ㄹ 수 있다）다를 수 있다
걷다（走）	★（걷+-을 수 있다）걸을 수 있다	맛있다（好吃）	（맛있+-을 수 있다）맛있을 수 있다
만들다（製作）	★（만들+-ㄹ 수 있다）만들 수 있다	멀다（遠）	★（멀+-ㄹ 수 있다）멀 수 있다
굽다（烤）	★（굽+-을 수 있다）구울 수 있다	춥다（冷）	★（춥+-을 수 있다）추울 수 있다
낫다（痊癒）	★（낫+-을 수 있다）나을 수 있다	名詞이다（是名詞）	（이+-ㄹ 수 있다）Noun일 수 있다

場景07 -아／어야 되다 必須、應該…。

動作動詞	-아/어야 되다	狀態動詞	-아/어야 되다
하다（做）	（하+-여야 되다）해야 되다	따뜻하다（暖和）	（따뜻하+-여야 되다）따뜻해야 되다
보다（看）	（보+-아야 되다）봐야 되다	싸다（便宜）	（싸+-아야 되다）싸야 되다
먹다（吃）	（먹+-어야 되다）먹어야 되다	좋다（好）	（좋+-아야 되다）좋아야 되다
마시다（喝）	（마시+-어야 되다）마셔야 되다	맛있다（好吃）	（맛있+-어야 되다）맛있어야 되다

배우다 （學習）	(배우+-어야 되다) 배워야 되다	재미있다 （有趣）	(재미있+-어야 되다) 재미있어야 되다
쓰다 （寫）	★(쓰+-어야 되다) 써야 되다	예쁘다 （漂亮）	★(예쁘+-어야 되다) 예뻐야 되다
부르다 （叫、喊）	★(부르+-어야 되다) 불러야 되다	다르다 （不一樣）	★(다르+-어야 되다) 달라야 되다
듣다 （聽）	★(듣+-어야 되다) 들어야 되다	길다 （長）	(길+-어야 되다) 길어야 되다
알다 （知道）	(알+-아야 되다) 알아야 되다	쉽다 （簡單、容易）	★(쉽+-어야 되다) 쉬워야 되다
굽다 （烤）	★(굽+-어야 되다) 구워야 되다	가볍다 （輕視、輕鬆）	★(가볍+-어야 되다) 가벼워야 되다
낫다 （痊癒）	★(낫+-아야 되다) 나아야 되다	名詞이다 （是名詞）	(이+-어야 되다) 친구여야 되다 가족이어야 되다

場景08 －（으）ㄴ 修飾名詞的冠形詞形

狀態動詞	－(으)ㄴ	狀態動詞	－(으)ㄴ
싸다 （便宜）	(싸+-ㄴ) 싼	맛있다 （好吃）	(맛있+-는) 맛있는
피곤하다 （疲倦）	(피곤하+-ㄴ) 피곤한	재미없다 （無趣）	(재미없+-는) 재미없는
바쁘다 （忙碌）	(바쁘+-ㄴ) 바쁜	길다 （長）	★(길+-ㄴ) 긴
다르다 （不一樣）	(다르+-ㄴ) 다른	쉽다 （簡單）	★(쉽+-은) 쉬운
좋다 （好）	(좋+-은) 좋은	어렵다 （困難）	★(어렵+-은) 어려운
많다 （多）	(많+-은) 많은	名詞이다 （是名詞）	(이+-ㄴ) 친구인

第3章

場景09 －(으)ㄹ까요? 要不要…？

動作動詞	－(으)ㄹ까요?	動作動詞	－(으)ㄹ까요?
하다 （做）	(하+-ㄹ까요?) 할까요?	먹다 （吃）	(먹+-을까요?) 먹을까요?
보다 （看）	(보+-ㄹ까요?) 볼까요?	듣다 （聽）	★(듣+-을까요?) 들을까요?
마시다 （喝）	(마시+-ㄹ까요?) 마실까요?	살다 （活、生存）	★(살+-ㄹ까요?) 살까요?
쓰다 （寫）	(쓰+-ㄹ까요?) 쓸까요?	돕다 （幫助）	★(돕+-을까요?) 도울까요?
부르다 （叫、喊）	(부르+-ㄹ까요?) 부를까요?	붓다 （倒、澆）	★(붓+-을까요?) 부을까요?

場景10 －（으）려고 하다 打算…／想要…。

動作動詞	－(으)려고 하다	動作動詞	－(으)려고 하다
하다 （做）	(하+-려고 하다) 하려고 하다	먹다 （吃）	(먹+-으려고 하다) 먹으려고 하다
가다 （走、去）	(가+-려고 하다) 가려고 하다	찾다 （尋找）	(찾+-으려고 하다) 찾으려고 하다
보다 （看）	(보+-려고 하다) 보려고 하다	듣다 （聽）	★(듣+-으려고 하다) 들으려고 하다
마시다 （喝）	(마시+-려고 하다) 마시려고 하다	살다 （活、生存）	(살+-려고 하다) 살려고 하다
배우다 （學習）	(배우+-려고 하다) 배우려고 하다	만들다 （製作）	(만들+-려고 하다) 만들려고 하다
쓰다 （寫）	(쓰+-려고 하다) 쓰려고 하다	돕다 （幫助）	★(돕+-으려고 하다) 도우려고 하다
부르다 （叫、喊）	(부르+-려고 하다) 부르려고 하다	붓다 （倒、澆）	★(붓+-으려고 하다) 부으려고 하다

場景11 –아 / 어서 因為…。

動作動詞	–아/어서	狀態動詞	–아/어서
하다（做）	(하+–여서) 해서	피곤하다（疲倦）	(피곤하+–여서) 피곤해서
보다（看）	(보+–아서) 봐서	싸다（便宜）	(싸+–아서) 싸서
먹다（吃）	(먹+–어서) 먹어서	좋다（好）	(좋+–아서) 좋아서
찾다（尋找）	(찾+–아서) 찾아서	맛있다（好吃）	(맛있+–어서) 맛있어서
쓰다（寫）	★(쓰+–어서) 써서	바쁘다（忙碌）	★(바쁘+–아서) 바빠서
부르다（叫、喊）	★(부르+–어서) 불러서	다르다（不一樣）	★(다르+–아서) 달라서
듣다（聽）	★(듣+–어서) 들어서	게으르다（懶惰）	★(게으르+–어서) 게을러서
알다（知道）	(알+–아서) 알아서	멀다（遠）	(멀+–어서) 멀어서
굽다（烤）	★(굽+–어서) 구워서	맵다（辣）	★(맵+–어서) 매워서
붓다（倒、澆）	★(붓+–어서) 부어서	名詞이다（是名詞）	(이+–어서) 친구여서 가족이어서

場景12 格式體尊待形 –(스)ㅂ니다

		–(스)ㅂ니다 現在時制	–았/었습니다 過去時制
動作動詞	하다（做）	(하+–ㅂ니다) 합니다	(하+–였습니다) 했습니다
	먹다（吃）	(먹+–습니다) 먹습니다	(먹+–었습니다) 먹었습니다
	쓰다（寫）	(쓰+–ㅂ니다) 씁니다	★(쓰+–었습니다) 썼습니다
	부르다（叫、喊）	(부르+–ㅂ니다) 부릅니다	★(부르+–었습니다) 불렀습니다
	듣다（聽）	(듣+–습니다) 듣습니다	★(듣+–었습니다) 들었습니다
	알다（知道）	★(알+–ㅂ니다) 압니다	(알+–았습니다) 알았습니다
	붓다（倒、澆）	(붓+–습니다) 붓습니다	★(붓+–었습니다) 부었습니다
狀態動詞	편하다（舒服、方便）	(편하+–ㅂ니다) 편합니다	(편하+–였습니다) 편했습니다
	좋다（好）	(좋+–습니다) 좋습니다	(좋+–았습니다) 좋았습니다
	바쁘다（忙碌）	(바쁘+–ㅂ니다) 바쁩니다	★(바쁘+–았습니다) 바빴습니다
	다르다（不一樣）	(다르+–ㅂ니다) 다릅니다	★(다르+–았습니다) 달랐습니다
	멀다（遠）	★(멀+–ㅂ니다) 멉니다	(멀+–었습니다) 멀었습니다
	어렵다（困難）	(어렵+–습니다) 어렵습니다	★(어렵+–었습니다) 어려웠습니다
	名詞이다（是名詞）	(이+–ㅂ니다) 친구입니다 가족입니다	(이+–었습니다) 친구였습니다 가족이었습니다

第4章

場景13 比較級 보다 더 和最高級제일、가장

		더	제일、가장
狀態動詞	싸다（便宜）	더 싸요	제일 싸요
	좋다（好）	더 좋아요	제일 좋아요
	맛있다（好吃）	더 맛있어요	제일 맛있어요
動作動詞	좋아하다（喜歡）	더 좋아해요	제일 좋아해요
	잘하다（擅長）	더 잘해요	제일 잘해요
	먹다（吃）	더 잘 먹어요	제일 잘 먹어요
	만들다（製作）	더 잘 만들어요	제일 잘 만들어요

場景14 將形容詞形改為副詞形 –게

狀態動詞	–게	狀態動詞	–게
싸다（便宜）	(싸+–게) 싸게	좋다（好）	(좋+–게) 좋게
따뜻하다（暖和）	(따뜻하+–게) 따뜻하게	맛있다（好吃）	(맛있+–게) 맛있게
예쁘다（漂亮）	(예쁘+–게) 예쁘게	짧다（短）	(짧+–게) 짧게
바쁘다（忙碌）	(바쁘+–게) 바쁘게	길다（長）	(길+–게) 길게
다르다（不一樣）	(다르+–게) 다르게	쉽다（簡單、容易）	(쉽+–게) 쉽게

場景15 –지만 但是

		–지만 現在時制	–았/었지만 過去時制
動作動詞	하다做)	(하+–지만) 하지만	(하+–였지만) 했지만
	먹다（吃）	(먹+–지만) 먹지만	(먹+–었지만) 먹었지만
	쓰다（寫）	(쓰+–지만) 쓰지만	★(쓰+–었지만) 썼지만
	부르다（叫、喊）	(부르+–지만) 부르지만	★(부르+–었지만) 불렀지만
	듣다（聽）	(듣+–지만) 듣지만	★(듣+–었지만) 들었지만
	알다（知道）	★(알+–지만) 알지만	(알+–았지만) 알았지만
	굽다（烤）	(굽+–지만) 굽지만	★(굽+–었지만) 구웠지만
	붓다（倒、澆）	(붓+–지만) 붓지만	★(붓+–었지만) 부었지만

狀態動詞		
싸다（便宜）	（싸+-지만）싸지만	（싸+-았지만）쌌지만
좋다（好）	（좋+-지만）좋지만	（좋+-았지만）좋았지만
바쁘다（忙碌）	（바쁘+-지만）바쁘지만	★（바쁘+-았지만）바빴지만
다르다（不一樣）	（다르+-지만）다르지만	★（다르+-았지만）달랐지만
멀다（遠）	★（멀+-지만）멀지만	（멀+-었지만）멀었지만
어렵다（困難）	（어렵+-지만）어렵지만	★（어렵+-었지만）어려웠지만
名詞이다（是名詞）	（이+-지만）친구지만 가족이지만	（이+-었지만）친구였지만 가족이었지만

場景16 表達意圖：-겠- 和 -（으）ㄹ게요

動作動詞	-겠- / -（으）ㄹ게요	動作動詞	-겠- / -（으）ㄹ게요
하다（做）	（하+-겠-）하겠다 （하+-ㄹ게요）할게요	먹다（吃）	（먹+-겠-）먹겠다 （먹+-을게요）먹을게요
보다（看）	（보+-겠-）보겠다 （보+-ㄹ게요）볼게요	신다（穿）	（신+-겠-）신겠다 （신+-을게요）신을게요
마시다（喝）	（마시+-겠-）마시겠다 （마시+-ㄹ게요）마실게요	듣다（聽）	（듣+-겠-）듣겠다 ★（듣+-을게요）들을게요
배우다（學習）	（배우+-겠-）배우겠다 （배우+-ㄹ게요）배울게요	만들다（製作）	（만들+-겠-）만들겠다 （만들+-ㄹ게요）만들게요
쓰다（寫）	（쓰+-겠-）쓰겠다 （쓰+-ㄹ게요）쓸게요	굽다（烤）	（굽+-겠-）굽겠다 ★（굽+-을게요）구울게요
부르다（叫、喊）	（부르+-겠-）부르겠다 （부르+-ㄹ게요）부를게요	붓다（倒、澆）	（붓+-겠-）붓겠다 ★（붓+-을게요）부을게요

第5章
場景17 -고 和

動作動詞	-고	狀態動詞	-고
하다（做）	（하+-고）하고	싸다（便宜）	（싸+-고）싸고
보다（看）	（보+-고）보고	좋다（好）	（좋+-고）좋고
먹다（吃）	（먹+-고）먹고	재미있다（有趣）	（재미있+-고）재미있고
쓰다（寫）	（쓰+-고）쓰고	바쁘다（忙碌）	（바쁘+-고）바쁘고
부르다（叫、喊）	（부르+-고）부르고	다르다（不一樣）	（다르+-고）다르고
듣다（聽）	（듣+-고）듣고	멀다（遠）	（멀+-고）멀고
살다（活、生存）	（살+-고）살고	길다（長）	（길+-고）길고
굽다（烤）	（굽+-고）굽고	춥다（冷）	（춥+-고）춥고
붓다（倒、澆）	（붓+-고）붓고	名詞이다（是名詞）	（이+-고）名詞 이고

		－(으)니까 現在時制	－았/었으니까 過去時制
動作動詞	하다（做）	(하+-니까) 하니까	(하+-였으니까) 했으니까
	먹다（吃）	(먹+-으니까) 먹으니까	(먹+-었으니까) 먹었으니까
	쓰다（寫）	(쓰+-니까) 쓰니까	★ (쓰+-었으니까) 썼으니까
	부르다（叫、喊）	(부르+-니까) 부르니까	★(부르+-었으니까) 불렀으니까
	듣다（聽）	★(듣+-으니까) 들으니까	★(듣+-었으니까) 들었으니까
	알다（知道）	★(알+-니까) 아니까	(알+-았으니까) 알았으니까
	굽다（烤）	★(굽+-으니까) 구우니까	★(굽+-었으니까) 구웠으니까
	붓다（倒、澆）	★(붓+-으니까) 부으니까	★ (붓+-었으니까) 부었으니까
狀態動詞	싸다（便宜）	(싸+-니까) 싸니까	(싸+-았으니까) 쌌으니까
	좋다（好）	(좋+-으니까) 좋으니까	(좋+-았으니까) 좋았으니까
	바쁘다（忙碌）	(바쁘+-니까) 바쁘니까	★ (바쁘+-았으니까) 바빴으니까
	다르다（不一樣）	(다르+-니까) 다르니까	★ (다르+-았으니까) 달랐으니까
	멀다（遠）	★(멀+-니까) 머니까	(멀+-었으니까) 멀었으니까
	어렵다（困難）	★(어렵+-으니까) 어려우니까	★(어렵+-었으니까) 어려웠으니까
	名詞이다（是名詞）	(이+-니까) 친구일 때 가족일 때	(名詞+-였으니까) 친구였으니까 (名詞+ -이었으니까) 가족이었으니까

動作動詞	－(으)ㄹ 때	狀態動詞	－(으)ㄹ 때
하다（做）	(하+-ㄹ 때) 할 때	싸다（便宜）	(싸+-ㄹ 때) 쌀 때
보다（看）	(보+-ㄹ 때) 볼 때	좋다（好）	(좋+-을 때) 좋을 때
먹다（吃）	(먹+-을 때) 먹을 때	재미있다（有趣）	(재미있+-을 때) 재미있을 때
쓰다（寫）	(쓰+-ㄹ 때) 쓸 때	바쁘다（忙碌）	(바쁘+-ㄹ 때) 바쁠 때
부르다（叫、喊）	(부르+-ㄹ 때) 부를 때	다르다（不一樣）	(다르+-ㄹ 때) 다를 때
듣다（聽）	★(듣+-을 때) 들을 때	멀다（遠）	★(멀+-ㄹ 때) 멀 때
살다（活、生存）	★(살+-ㄹ 때) 살 때	길다（長）	★(길+-ㄹ 때) 길 때
굽다（烤）	★(굽+-을 때) 구울 때	춥다（冷）	★(춥+-을 때) 추울 때
붓다（倒、澆）	★(붓+-을 때) 부울 때	名詞이다（是名詞）	(이+-ㄹ 때) 친구일 때 가족일 때

場景20 －（으）ㄴ／는데 解釋情況

		－(으)ㄴ/는데 現在時制	－았/었는데 過去時制
動作動詞	하다（做）	(하+-는데) 하는데	(하+-였는데) 했는데
	먹다（吃）	(먹+-는데) 먹는데	(먹+-었는데) 먹었는데
	쓰다（寫）	(쓰+-는데) 쓰는데	★(쓰+-었는데) 썼는데
	부르다（叫、喊）	(부르+-는데) 부르는데	★(부르+-었는데) 불렀는데
	듣다（聽）	(듣+-는데) 듣는데	★(듣+-었는데) 들었는데
	알다（知道）	★(알+-는데) 아는데	(알+-았는데) 알았는데
	굽다（烤）	(굽+-는데) 굽는데	★(굽+-었는데) 구웠는데
	붓다（倒、澆）	(붓+-는데) 붓는데	★(붓+-었는데) 부었는데
狀態動詞	피곤하다（疲倦）	(피곤하+-ㄴ데) 피곤한데	(피곤하+-였는데) 피곤했는데
	좋다（好）	(좋+-은데) 좋은데	(좋+-았는데) 좋았는데
	바쁘다（忙碌）	(바쁘+-ㄴ데) 바쁜데	★(바쁘+-았는데) 바빴는데
	다르다（不一樣）	(다르+-ㄴ데) 다른데	★(다르+-았는데) 달랐는데
	길다（長）	★(길+-ㄴ데) 긴데	(길+-었는데) 길었는데
	어렵다（困難）	★(어렵+-은데) 어려운데	★(어렵+-었는데) 어려웠는데
	名詞이다（是名詞）	(이+-ㄴ데) 친구인데 가족인데	(이+-었는데) 친구였는데 가족이었는데

第6章

場景21 －아／어 주시겠어요？ 您可以…嗎？

動作動詞	－아/어 주시겠어요?	動作動詞	－아/어 주시겠어요?
하다（做）	(하+-여 주시겠어요?) 해 주시겠어요?	쓰다（寫）	★(쓰+-어 주시겠어요?) 써 주시겠어요?
오다（來）	(오+-아 주시겠어요?) 와 주시겠어요?	모으다（收集）	★(모으+-아 주시겠어요?) 모아 주시겠어요?
사다（買）	(사+-아 주시겠어요?) 사 주시겠어요?	누르다（按、壓）	★(누르+-어 주시겠어요?) 눌러 주시겠어요?
찍다（拍照、印刷）	(찍+-어 주시겠어요?) 찍어 주시겠어요?	듣다（聽）	★(듣+-어 주시겠어요?) 걸어 주시겠어요?
읽다（閱讀、看）	(읽+-어 주시겠어요?) 읽어 주시겠어요?	들다（提、拿）	(들+-어 주시겠어요?) 들어 주시겠어요?
기다리다（等待）	(기다리+-어 주시겠어요?) 기다려 주시겠어요?	굽다（烤）	★(굽+-어 주시겠어요?) 구워 주시겠어요?
외우다（背誦）	(외우+-어 주시겠어요?) 외워 주시겠어요?	붓다（倒、澆）	★(붓+-어 주시겠어요?) 부어 주시겠어요?

動作動詞	–는	動作動詞	–는
하다（做）	(하+–는) 하는	먹다（吃）	(먹+–는) 먹는
보다（看）	(보+–는) 보는	찾다（尋找）	(찾+–는) 찾는
만나다（見面）	(만나+–는) 만나는	걷다（走、徒步）	(걷+–는) 걷는
마시다（喝）	(마시+–는) 마시는	알다（知道）	★(알+–는) 아는
주다（給）	(주+–는) 주는	입다（穿）	(입+–는) 입는
쓰다（寫）	(쓰+–는) 쓰는	굽다（烤）	(굽+–는) 굽는
부르다（叫、喊）	(부르+–는) 부르는	붓다（倒、澆）	(붓+–는) 붓는

場景23　–아 / 어 보세요請嘗試…。

動作動詞	–아/어 보세요	動作動詞	–아/어 보세요
하다（做）	(하+–여 보세요) 해 보세요	쓰다（寫）	★(쓰+–어 보세요) 써 보세요
가다（走、去）	(가+–아 보세요) 가 보세요	부르다（叫、喊）	★(부르+–어 보세요) 불러 보세요
먹다（吃）	(먹+–어 보세요) 먹어 보세요	걷다（走、徒步）	★(걷+–어 보세요) 걸어 보세요
마시다（喝）	(마시+–어 보세요) 마셔 보세요	살다（活、生存）	(살+–아 보세요) 살아 보세요
배우다（學習）	(배우+–어 보세요) 배워 보세요	굽다（烤）	★(굽+–어 보세요) 구워 보세요
보다（看）	★(보+–아 보세요) 보세요	붓다（倒、澆）	★(붓+–어 보세요) 부어 보세요

場景24　–아 / 어 봤다…過。

動作動詞	–아/어 봤다	動作動詞	–아/어 봤다
하다（做）	(하+–여 봤다) 해 봤다	쓰다（寫）	★(쓰+–어 봤다) 써 봤다
가다（走、去）	(가+–아 봤다) 가 봤다	부르다（叫、喊）	★(부르+–어 봤다) 불러 봤다
먹다（吃）	(먹+–어 봤다) 먹어 봤다	듣다（聽）	★(듣+–어 봤다) 들어 봤다
마시다（喝）	(마시+–어 봤다) 마셔 봤다	만들다（製作）	(만들+–어 봤다) 만들어 봤다
배우다（學習）	(배우+–어 봤다) 배워 봤다	굽다（烤）	★(굽+–어 봤다) 구워 봤다
보다（看）	★(보+–아 봤다) 봤다	붓다（倒、澆）	★(붓+–어 봤다) 부어 봤다

參考答案

Part I

第1單元
1 뵙겠습니다
2 잘 부탁드립니다

第2單元
1 감사합니다

第3單元
1 잘 모르겠는데요
2 그럽시다

第4單元
1 몇 시에 만나요
2 맞아요

第5單元
1 잘 지내셨어요
2 저도 잘 지냈어요

第6單元
1 잘 먹겠습니다
2 잘 먹었습니다

第7單元
1 축하합니다
2 감사합니다

第8單元
1 여보세요
2 통화 괜찮아요

第9單元
1 말해 주세요
2 못 들었어요

第10單元
1 휴가 잘 보내세요
2 안녕히 가세요

Part II

場景01
1 ㄷ
2 ㄹ
3 ㄱ
4 ㄴ
5 기다려 주세요
6 고쳐 주세요
7 바꿔 주세요

場景02
1 ①
2 ②
3 ②
4 건너세요
5 드세요
6 피우지 마세요

場景03
1 좋아하세요
2 가세요
3 전화하셨어요
4 오셨어요
5 드셨어요
6 보세요
7 계셨어요
8 읽으셨어요

場景04
1 ㄷ
2 ㄴ
3 ㄹ
4 ㄱ
5 카페, 왼쪽
6 약국, 우체국, 오른쪽
7 쭉, 왼쪽, 뒤

場景05
1 먹고 싶어요

2 가고 싶어요
3 보고 싶어요
4 ⓒ 만나고 싶어요
5 ⓙ 먹고 싶어요
6 ⓗ 배우고 싶어요
7 ⓔ 일하고 싶어요
8 ⓛ 보고 싶어요

場景06
1 ②
2 ①
3 ②
4 ②
5 ①
6 읽을 수 없어요
7 만날 수 있어요
8 입을 수 없어요

場景07
1 ①
2 ①
3 ②
4 ①
5 먹어야 돼요
6 마셔야 돼요
7 없어야 돼요

場景08
1 ②
2 ①
3 ①
4 ①
5 비싼
6 재미있는
7 매운

場景09
1 볼까요
2 마실까요
3 먹을까요
4 ⓛ, ⓢ, ⓔ, ⓙ, ⓒ, ⓗ

場景10
1 ②
2 ①
3 ②
4 ①
5 ②
6 먹으려고 해요
7 가려고 해요
8 있으려고 해요
9 찾으려고 해요

場景11
1 친절해서
2 몰라서
3 아파서
4 먹어서
5 내일 아침에 약속이 있어서
6 한국 사람하고 말하고 싶어서
7 핸드폰이 고장 나서

場景12
1 봅니다
2 먹습니다
3 마십니다
4 봤습니다
5 재미있었습니다
6 왔습니다
7 일합니다
8 시작했습니다

場景13
1 비행기, 자동차, 더
2 침대, 의자, 더
3 더 많아요
4 ①
5 ①
6 ②
7 ②

場景14
1 ⓙ
2 ⓔ

3 ⓒ

4 ⓒ

5 바쁘게

6 크게

7 짧게

8 쉽게

場景15

1 ②

2 ②

3 ②

4 ①

5 멋있지만

6 싫지만

7 맵지만

8 했지만

9 먹었지만

場景16

1 일어나겠습니다 / 일어날게요

2 먹겠습니다 / 먹을게요

3 읽겠습니다 / 읽을게요

4 말하지 않겠습니다 / 말하지 않을게요

5 사시겠어요

6 입으시겠어요

7 보시겠어요

8 드시겠어요

場景17

1 운동하고

2 춥고

3 먹고

4 마시고

5 보고

6 끝나고

7 쓰고

8 배우고

場景18

1 ③

2 ③

3 ①

4 ②

5 아침에 길이 막히니까

6 여기는 비싸니까

7 오늘은 다른 약속이 있으니까

8 재미있는 영화를 하니까

場景19

1 ②

2 ①

3 ④

4 회사 면접을 볼

5 일이 많이 있을

6 대학교에 다닐 때/다녔을 때

場景20

1 ② 오늘 날씨가 안 좋은데

2 ㉠ 지금 식사하고 있는데

3 ⓒ 길을 잃어버렸는데

4 식당에 갔는데

5 내일은 시간이 없는데

6 한식이 먹고 싶은데

7 얘기하려고 했는데

場景21

1 이 주소를 찾아 주시겠어요?

2 조금 후에 연락해 주시겠어요?

3 사진을 찍어 주시겠어요?

4 여기에 사인해 주시겠어요?

5 ⓒ

6 ②

7 ㉠

8 ⓒ

9 알려 주시겠어요

10 예약해 주시겠어요

11 보여 주시겠어요

12 치워 주시겠어요

場景22

1 전화하는

2 출발하는

3 만드는

4 먹을 수 없는

5 외국인이 좋아하는

6　명동에 가는

1　가 보세요
2　입어 보세요
3　기다려 보세요
4　들어 보세요
5　타 보세요
6　써 보세요
7　신어 보세요
8　만들어 보세요
9　걸어 보세요

1　해 봤어요
2　입어 봤어요
3　먹어 봤어요, 못 먹어 봤어요/안 먹어 봤
　　어요
4　ㄷ
5　ㄱ
6　ㄴ

索引表

新單字

[ㄱ]

가격 價格 115
가격 價格 212
가깝다 近 251
가끔 해요. 偶爾會做。 262
가능하다 可以、能夠 235
가다 去 65
가방 包包 225
간판 招牌 92
감기에 걸렸어요. 我感冒了。 152
감기에 걸리다 感冒 204
강남역 江南站 73
같이 一起 133
개 個 157
개인 접시 (= 앞접시) 小碟子 126
개찰구 驗票閘門 76
거기 那裡、那邊 149
거 東西、物品 157
거의 안 해요. 幾乎不做。 262
건너다 穿過、跨過 89
걸리다 花費（時間） 191
게스트 하우스 旅館 254
경주 慶州 259
계단 樓梯 81
계산하다 結帳 160
계약금 簽約金 110
계약하다 簽約 107
고장 나다 故障 217
고향 故鄉 84
곧 馬上 217
골목 巷弄 92
공원 公園 149
관광지 觀光勝地 254
관리비 管理費 110
괜찮다 可以、沒關係、無妨 141
교통 카드 交通卡 68
교통비 交通費　저녁 傍晚 246
교통이 복잡해요. 交通壅擠。 152
교환 換貨 212
국적 國籍 102
국 湯（湯多料少） 126
그다음 接下來、之後 89
그런 那樣的 225
그런데 不過、可是 141
그런데 不過、可是 81
그럼 那麼 107
그리고 而且 157
근처 附近 149
기다리다 等待 217

기본 요금 基本費用 178
기차 火車 254
기침이 나다 咳嗽 204
길에 차가 많아요. 路上車子很多。 152
길이 막혀요. 路上塞車。 152

[ㄲ]

꼭 一定、務必 259
끊다 掛斷、中止 141

[ㄴ]

나가다 出去 235
나다 出、冒、長 201
나라 國家 84
나오다 出來
나이 年齡 84
나중에 以後、日後 259
날짜 日期 136
내일 明天 133
너무 太 175
년 年 115
노란색 黃色 209

[ㄷ]

다듬다 梳理、修整 178
다르다 不一樣、不同 167
다리를 다치다 腿受傷 204
다시 再次 201
다음 달 下個月 183
다인실 團體房 238
다 全部 251
달 月 115
더 更 167
더 再 89
데 地方、處所、情況 201
도 也 157
도착 抵達 76
돈을 내다 付款、繳錢 115
돈 錢 115
돌아오다 回來 243
돕다 幫助 225
돼지고기 豬肉 123
두부 豆腐 123
들 們 141
등기 掛號 194
등록금 註冊費 246
등록증 登錄證 99
디자인 設計 167

[ㄸ]

딸기 草莓 157
또 又、 再、還 157

[ㅁ]

마다 每 65
마음에 들다 滿意、喜歡 209
만 僅、只 157
만나다 見面、碰面 133
만들다 製作 123
많다 多 149
많이 해 봤어요. 做過很多次。 262
많이 很多 115
말하다 講、說 65
맛있다 好吃、美味 251
맛집 美食餐廳 251
맡다 代為保管、寄放 235
매표소 售票處 68
맵다 辣 123
머리가 아파요. 我頭痛。 152
머리 頭髮 175
멀다 遠 251
멀다 遠 81
멋있다 漂亮、好看 259
메뉴 菜單 123
명동 明洞 65
명 位 243
몇 번 해 봤어요. 嘗試過幾次。 262
몇 번 幾次 259
몇 번 幾號 65
몇 시 幾點 133
목 脖子 201
목이 붓다 喉嚨腫起來 204
몸이 안 좋아요. 我身體不好。 152
못 無法、不能 123
못하다 不好、不擅長 81
무료 免費 220
무슨 什麼 141
무엇 什麼 225
문을 닫다 打烊、休息了、鐵門拉下來了 160
문을 열다 開店、開始營業 160
문자 메시지 簡訊 118
문자 메시지를 받다 收簡訊 144
문자 메시지를 보내다 傳簡訊 144
물 水 217
뭐 什麼 209
뭘로 用什麼 123
민박 民宿 254

[ㅂ]

바로 立刻、馬上 107
바빠요. 我很忙。
바지 褲子 209
반대쪽 對面、反方向 73
반찬 小菜 126
반품 退貨 212
받는 사람 收件者 194

받다 收到、領取 99
밤 夜晚 183
밥 米飯 126
방 房間 235
배달하다 宅配、配送 170
배 船 191
버스 기사 公車司機 68
버스 정류장 公車站 68
버스 公車 65, 254
보내는 사람 寄件者 194
보내다 寄送 191
보다 看 107, 209
보여 주다 展現 107
보이다 看見 89
보증 기간 保固期間 170
보증금 保證金 110
보증서 保證書 170
부동산 不動產 107
부탁하다 拜託、請託 235
부터 從 183
분 分鐘 65
비밀번호 密碼 118
비상구 緊急出口 76
비싸다 貴 167
비행기 飛機 191, 254

[ㅃ]

빨리 快 217
빵 麵包 157

[ㅅ]

사거리 十字路口 92
사다 購買 243
사람 人 149
사물함(로커) 置物櫃 186
사이즈 (= 크기) 尺寸 212
사이즈 尺寸 209
사진 照片、大頭照 99
상금 獎金 246
색 顏色 212
생년월일 出生年月日 102
샤워실 淋浴間 186
서류 資料、文件 228
서비스 센터 客服中心 170
선풍기 電風扇 167
섬 島 243
성별 性別 102
성 姓 102
성함 姓名 235
세뱃돈 壓歲錢 246
세일하다 折扣 170
소화가 안되다 消化不良 204
수건 毛巾 186

수도 水管 217
수리 기사 維修師傅、水電師傅 217, 220
수리비 修理費 220
수리하다 (= 고치다) 修理 220
수수료 手續費 246
숙박비 住宿費 246
숟가락 湯匙 126
쉬다 休息 183
시간 時間 133, 136
시간이 없어요. 我沒有空。 152
식당 餐廳 251
식비 餐費 246
신분증 身分證 228
신청서 申請書 99
신청하다 申請 99
신호등 紅綠燈 92

[ㅆ]
싸다 便宜 167
쓰다 寫 99
쓰레기통 垃圾桶 92
씨 先生、小姐 133

[ㅇ]
(으) 로 表方法手段 123
(으) 로 表行動方法、手段、工具 73
2인실 雙人房 238
아니다 不 81
아이스 커피 冰咖啡 157
아직 仍然、還、尚 81
아침 早上 183
아프다 痛 201
안 裡面、內部 183
안 不 123
앉다 坐 123
않다 表否定 175
알다 知道 149
알리다 告知 251
앞머리 瀏海 175
앞 前 89
앱 APP 107
야경 夜景 259
약국 藥局 89
약속하다 約定 136
약 藥 201
약을 먹다 吃藥、服藥 201
얘기하다 說、談 141
어느 哪個 175
어디가 哪個地方 259
어디에 在哪裡 149
어떤 什麼樣的 225
어떻게 如何、怎麼 81

어지럽다 暈眩 204
언제부터 什麼時候開始 201
언제 什麼時候 99
얼마 동안 多久 115
얼마 多少、多久 115
에서 地方助詞（表動作發生地點的位置）......73, 251
에 地方助詞（表目的地或地點）......73
여권 護照 99
여기 這裡、這邊 99
여러 번 해 봤어요. 做過好幾次。 262
여보세요. 喂？ 133
여행하다 旅行 259
역 站 149
연락처 連絡電話 84, 225
연락하다 聯繫、通知 217
열 發燒 201
염색하다 染髮 178
엽서 明信片 194
영상 통화하다 視訊通話 144
영수증 收據、發票 160
영어 英語、英文 123
영화 電影 133
예매하다 預訂 136
예약하다 預約 136, 235
오다 來 167
오른쪽 右邊 89
옷 衣服 209
왕복 來回 243
왜 為什麼、怎麼了？ 133
외국인 外國人 81, 99
왼쪽 左邊 89
요금 費用 115
요리 料理 251
용돈 零用錢 246
우리 我們 133
우편 郵寄 99
운동복 運動服 186
운동하다 運動 183
운동화 運動鞋 186
원 元 157
월세 月租 110
위치 位置 251
유료 付費 220
유적지 遺址 254
은 / 는 助詞，表強調 191
음성 메시지 語音訊息 118
음식 食物、餐點 123
이거 這個 115
이따가 待會 217
이름 名字、姓名 102, 225
이사하다 搬家 107
이어폰 耳機 228
이용료 使用費 246

이 這 73
이쪽 這個方向 89
인기가 많다 受歡迎 167
인사동 仁寺洞 89
1인실 單人房 238
일본 日本 81
일요일 星期天 183
일이 많아요. 我工作很多。 152
일 天、日 191
잃어버리다 遺失、丟失 225
입구 入口 76
입다 穿 209
입장료 入場費 246
있다 有、存在 65

[ㅈ]

자르다 剪 175, 178
자세히 仔細地、詳細地 217
자주 해요. 經常做。 262
작다 小 209
잔 杯 157
잘하다 流利 81
잘 很好 81
장소 場所、地點 136
장학금 獎學金 246
저기 那邊 73
저 那 107
저녁 傍晚 243
전공 主修、專攻 84
전부 全部 157
전원을 끄다 關閉電源 118
전원을 켜다 開啟電源 118
전 之前 201
전통 음식 傳統美食 254
전혀 안 해요. 完全不做。 262
전화를 걸다 打電話 144
전화를 끊다 掛電話 144
전화를 받다 接電話 144
전화하다 打電話 217
젓가락 筷子 126
정도 程度 175
정하다 決定、確定 141
제가 我 123
제일 最 167
제주도 濟州島 259
조금 稍微、一點 89
조식 제외 不含早餐 238
조식 포함 含早餐 238
좀 稍微 65, 167
좋다 好 133
좋아하다 喜歡 251
주다 給 99
주문하다 訂購 160

주소 地址 99, 102
주스 果汁 157
주 週 99
줄을 서다 排隊 160
중개인 仲介 110
지갑 皮夾 228
지금 現在 107
지도 地圖 251
지역 음식 地方美食 254
지하철 地鐵 73
진짜 真的 251
짐 行李 68
집 房子、屋子 107
집주인 屋主 110

[ㅉ]

짧다 短 175
쪽 方向、邊 89
쯤 大約 133
찌개 湯（湯少料多） 126

[ㅊ]

찾다 找、尋找 209
책 書 225
천천히 慢慢地 65, 115
청구서 請款單 220
체크아웃 (퇴실) 退房 238
체크인 (입실) 入住 235, 238
추가 요금 加價費用 178
출구 出口 76, 149
출발 出發 76
출발하다 出發 217
충전 加值 68
충전하다 充電 118
취미 興趣 84
취소하다 取消 136
치수 尺碼 209
친구 朋友 141

[ㅋ]

커피 咖啡 157
콧물 鼻水、鼻涕 201
크다 大 209

[ㅌ]

타다 搭乘 73
탈의실 更衣室 186
택배 宅配 191, 194
토요일 星期六 183
통화하다 通話、講電話 141, 144

[ㅍ]

파란색 藍色 225
파마하다 燙髮 178
편도 單程 243
편의점 便利商店 89
편지 信件 194
포장하다 包裝、打包 170
표 票 243
품질 品質 212
필요하다 需要 157

[ㅎ]

하고 和 99
하다 做 183
한 번 해 봤어요. 嘗試過一次。 262
한 번도 안 해 봤어요. 從未嘗試過。 262
한국말 韓語 81
한국 韓國 259
한테 給…、對 107
할인하다 打折 170
항상 해요. 總是那麼做。 262
해산물 海鮮、海產 251
핸드폰 手機 115, 228
현금 現金 228
호주 澳洲 191
호텔 酒店 254
호 號房 217
홍대입구역 弘大入口站 149
화장품 化妝品 228
확인하다 確認 235
환불 退款 212
횡단보도 斑馬線 89, 92
후 後 99

新表現

[ㄱ]

가방 안에 뭐가 있어요? 包包裡面有什麼? 225
가방 좀 맡아 주시겠어요? 可以寄放包包嗎? 235
거기에서 봐요. 在那裡見。 149
고맙습니다. 謝謝。 89
곧 올 거예요. 馬上就會來。 217
괜찮아요. 可以。 141
그다음은요? 接下來呢? 89
그래요. 好。 133
그래요? 是嗎? 107
그럴게요. 我會的。 259
그럼요. 當然可以。 115
그리고 빵도 세 개 주세요. 然後麵包也請給我三塊。 157

[ㄲ]

끊을게요. 掛電話了。 141

[ㄴ]

나중에 꼭 가 보세요. 你以後一定要去看看。 259
내일 만나요. 明天見。 133
내일 봐요. 明天見。 133
내일 얘기해요! 明天再說吧! 141
네. 是、好的。 81
네? 什麼? 65

[ㄷ]

다른 데는 괜찮아요? 其他都沒有不舒服嗎? 201
다른 디자인 없어요? 有別款嗎? 167
다시 오세요. 請回診。 201
더 싼 거 있어요? 有便宜一點的嗎? 167
돌아오는 배가 몇 시에 있어요?
請問回程的船是幾點? 243
디자인이 마음에 들어요. 設計我很喜歡。 209

[ㄸ]

또 필요한 거 없으세요? 請問還需要什麼? 157

[ㅁ]

마음에 드세요? 您滿意嗎?/您喜歡嗎? 209
많이 기다려야 돼요? 必須等很久嗎? 217
머리를 어떻게 할까요? 您的頭髮想要怎麼用? 175
…멀었어요? …遠嗎? 81
몇 명 가실 거예요? 請問您有幾位要搭船? 243
몇 번 버스가…에 가요? 請問去……的公車是幾號? .65
몇 번 여행해 봤어요. 我旅行過幾次。 259
몇 번 출구에 있어요? 你在幾號出口? 149
몇 시부터 몇 시까지 해요? 從幾點開到幾點? 183
무엇을 도와 드릴까요? 請問需要什麼幫忙? 225
물이 안 나와요. 水龍頭不會出水。 217
뭐 찾으세요? 請問要找什麼? 209

[ㅂ]

반대쪽에 어떻게 가요? 請問對面要怎麼過去? 73
반대쪽에서 타세요. 請在對面搭車。 73
배로 보내시겠어요? 您要寄海運嗎? 191
부탁합니다. 麻煩您了。 235
비행기로 보내시겠어요? 您要寄空運嗎? 191
비행기로 보낼게요. 我要寄空運。 191

[ㅃ]

빨리 와 주세요. 請快點過來。 217

[ㅅ]

3일 전부터요. 三天前開始的。 201

성함이 어떻게 되세요? 請教尊姓大名? 235
3시쯤 어때요? 大約三點如何? 133
시간이 얼마나 걸려요? 要花多久時間? 191

[ㅇ]

12시부터 체크인이 가능합니다.
中午12點後才可辦理入住。 235
아니요, 잘 못해요. 沒有, 我韓語不好。 81
아니요. 不。 73
아직 멀었어요. 還很遠。 81
아직 못 가 봤어요. 我還沒去過。 259
아직 안 정했어요. 還沒決定。 141
안 매운 음식이 있어요? 請問有不辣的餐點嗎? 123
안을 볼 수 있어요? 我可以參觀一下內部環境嗎? ..183
…알아요? 你知道…嗎? 149
알겠어요. 我明白了 / 我知道了。 73
앞머리는 어떻게 할까요? 您的瀏海想要怎麼用? ..175
어느 정도로 잘라 드릴까요? 要幫您剪掉多少? 175
어디가 제일 좋았어요? 你最喜歡哪個地方? 259
어디로 보내실 거예요? 您要寄到哪裡? 191
어떤 가방이에요? 是什麼樣的包包? 225
어떻게 고장 났어요? 請問是「樣的壞掉? 217
어떻게 오셨어요? 您哪裡不舒服? 201
어떻게 해야 돼요? 我該怎麼辦? 225
어서 오세요. 歡迎光臨。 115
언제부터 그랬어요? 什麼時候開始的? 201
얼마나 자주…이 / 가 있어요? ……多久有……呢? ..65
여기 앉으세요. 請坐這裡。 123
여기 있어요. 在這裡、這裡。 99
여기에 이름하고 연락처를 써 주세요.
請在這裡寫下您的姓名跟連絡電話。 225
여기에서 멀어요? 離這裡遠「? 251
여기요. 在這裡、這裡。 99
연락 드릴게요. 我們會聯絡「。 225
열도 있고 콧물도 나요. 還有發燒跟流鼻水。 201
…에 어떻게 가요? 請問要怎麼去…? 89
예약을 확인해 주시겠어요?
可以幫我確認我的預約嗎? 235
왕복으로 가실 거예요? 您要買來回票嗎? 243
…이 / 가 보여요. 你會看到…。 89
이 계단으로 가세요. 請走這個樓梯過去。 73
이 근처에 맛집 있어요? 請問這附近有美食餐廳嗎? 251
이 디자인이 인기가 많아요. 這款設計很受歡迎。 167
이 정도요. 大概這樣。 175
이 집이에요. 是這間房子。 107
이거 뭘로 만들어요? 這是用什麼做的? 123
이거 어때요? 這個如何? 167
이거 얼마예요? 這個多少錢? 115
이거 입어 볼 수 있어요? 這可以試穿嗎? 209
이거 좀 볼 수 있어요? 我可以看一下這支手機? .115
이거 하나 주세요. 請給我一「這個。 123
이게 제일 싼 거예요. 這個是最便宜的了。 167
이따가 출발할 때 연락해 주세요.

待會出發時請聯繫我。 217
이쪽으로 오세요. 這邊請。 183
…을 / 를 주세요. 請給我…。 99

[ㅈ]

자르지 마세요. 請不要幫我剪瀏海。 175
자세히 말해 주세요. 請說詳細一點。 217
잘라 주세요. 請幫我剪頭髮。 175
잠깐만요. 稍等一下。 65
잠시만요. 稍等一下。 115
저……. 不好意思…… 65
저는 한국 음식 다 좋아해요.
只要是韓國料理我都喜歡。 251
저한테 보여 주세요. 請給我看一下。 107
전부 15,000원입니다. 總共是15,000元。 157
… 좀 보여 주세요. 我想看一下…。 167
좀 더 보고 올게요. 我再看看。 167
좀 비싸요. 有點貴。 167
좋아요. 好啊。 133
죄송합니다. 對不起。 123
지금 갈게요. 我現在過去。 149
지금 갑시다. 我們現在去吧。 107
지금 어디에 있어요? 現在在哪裡? 149
지금 집을 보고 싶어요. 我想現在看房子。 107
지금 통화할 수 있어요? 現在方便講電話嗎? 141

[ㅊ]

천천히 보세요. 請慢慢看。 115

[ㅋ]

커피하고 주스만 주세요. 請給我咖啡跟果汁就好。 ...157

[ㅌ]

토요일에도 하죠? 星期六也有營業吧? 183

[ㅍ]

편도로 가실 거예요? 您要買單程票嗎? 243

[ㅎ]

한 달에 6만 원이에요. 一個月6萬元。 115
한 달에 얼마예요? 一個月多少錢? 183
한 치수 작은 사이즈로 주세요. 請給我小一號的。 209
한국말을 잘하세요. 您的韓語真流利。 81
한국에서 여행해 봤어요? 你在韓國旅遊過嗎? 259

最豐富的韓語學習、教學教材
跟著國際學村走就對了！

作者／權容璿
★ QR 碼行動學習版＋ MP3

作者／吳承恩
★ QR 碼行動學習版

作者／吳承恩
★ QR 碼行動學習版

作者／安辰明、李炅雅、韓厚英
★ QR 碼行動學習版

作者／安辰明、閔珍英
★ QR 碼行動學習版

作者／安辰明、宣恩姬
★ QR 碼行動學習版

作者／吳美南、金源卿

作者／朴壽美

作者／李英熙
★附 QR 碼線上音檔

台灣廣廈 國際出版集團
Taiwan Mansion International Group

國家圖書館出版品預行編目（CIP）資料

全新！我的第一本韓語會話【QR碼行動學習版】/ 吳承恩著.
-- 2版. -- 新北市：國際學村，2023.10
　　面；　公分.
譯自：Korean made easy for everyday life, 2nd ed.
ISBN 978-986-454-307-6
1.CST: 韓語　2.CST: 會話

803.288　　　　　　　　　　　　　　112013587

 國際學村

全新！我的第一本韓語會話【QR碼行動學習版】

作　　　者／吳承恩　　　　　編輯中心編輯長／伍峻宏・編輯／邱麗儒
　　　　　　　　　　　　　　封面設計／何偉凱・內頁排版／菩薩蠻數位文化有限公司
　　　　　　　　　　　　　　製版・印刷・裝訂／東豪・弼聖・秉成

行企研發中心總監／陳冠蒨　　　線上學習中心總監／陳冠蒨
媒體公關組／陳柔彣　　　　　　數位營運組／顏佑婷
綜合業務組／何欣穎　　　　　　企製開發組／江季珊、張哲剛

發　行　人／江媛珍
法 律 顧 問／第一國際法律事務所 余淑杏律師・北辰著作權事務所 蕭雄淋律師
出　　　版／國際學村
發　　　行／台灣廣廈有聲圖書有限公司
　　　　　　地址：新北市235中和區中山路二段359巷7號2樓
　　　　　　電話：（886）2-2225-5777・傳真：（886）2-2225-8052
讀者服務信箱／cs@booknews.com.tw

代理印務・全球總經銷／知遠文化事業有限公司
　　　　　　地址：新北市222深坑區北深路三段155巷25號5樓
　　　　　　電話：（886）2-2664-8800・傳真：（886）2-2664-8801
郵 政 劃 撥／劃撥帳號：18836722
　　　　　　劃撥戶名：知遠文化事業有限公司（※單次購書金額未達1000元，請另付70元郵資。）

■出版日期：2023年10月　　　ISBN：978-986-454-307-6

Korean Made Easy for Everyday Life 2nd Edition, by Darakwon, Inc.
Copyright © 2022, 2008, Seung-eun Oh
All rights reserved.

Traditional Chinese Language Print and distribution right © 2023, 2010, Taiwan Mansion Publishing Co., Ltd.
This traditional Chinese language published by arrangement with Darakwon, Inc. through MJ Agency